Alles BDSM

Onderdanige Chef-Trilogie

Erika Sanders

Alles BDSM
Onderdanige Chef-Trilogie

Erika Sanders

Alles BDSM

Samenvatting

Het bestaat uit de volgende romans:
    Onderdanige Chef 1
    Onderdanige Chef 2
    Onderdanige Chef 3

Alles BDSM is een roman met een sterk erotisch BDSM-gehalte en op zijn beurt een nieuwe roman die behoort tot de collectie **Erotische Overheersing en Onderwerping,** een reeks romans met een hoog romantisch en erotisch BDSM-gehalte.

(Alle personages zijn 18 jaar of ouder)

Noot voor de auteur:

Erika Sanders is een internationaal bekende schrijfster, vertaald in meer dan twintig talen, die haar meest erotische geschriften, verre van haar gebruikelijke proza, ondertekent met haar meisjesnaam.

Inhoudsopgave:

ALLES BDSM
ONDERDANIGE CHEF-TRILOGIE
ERIKA SANDERS

ONDERDANIGE CHEF

13

EERSTE DEEL
WEDERZIJDSE TOESTEMMING

15

HOOFDSTUK 1

De brief was een zegen.

Hij kon de tranen nauwelijks bedwingen.

Cristina was net klaar met koken en haar nieuwe cateringbedrijf kende een moeilijke start.

Hij stond in zijn kleine appartement en nam elk woord van de handgeschreven brief door.

Beste Cristina,

Ik hoop dat deze brief je bereikt. Sorry, maar ik gebruik geen e-mail. En ik hou over het algemeen niet van telefoontjes. Ik ben uit de mode.

Ik ben een kennis van je moeder. We hebben elkaar een paar weken geleden kort ontmoet op het feest van een gemeenschappelijke vriend. Je moeder noemde je horecazaak meerdere keren terloops. Ik heb erover nagedacht en het klinkt interessant. Ik heb nog nooit een cateraar ingehuurd.

Mocht u interesse hebben in een nieuwe klant neem dan contact met mij op en wellicht komen we tot een akkoord. Ik ben een vreselijke kok. En ik hoorde dat je heel goed bent.

Beste wensen en veel succes met uw bedrijf,

Paul

Eindelijk dacht ze. Het geluk begon hem in de weg te staan.

HOOFDSTUK 2

Een week later.

Cristina reed door de welvarende buurt in haar gehavende oude auto.

Hij was duidelijk een opvallende verschijning, maar het kon hem niet schelen.

Ik was blij om in deze buurt te zijn voor een mogelijke baan.

Hij parkeerde bij de ingang van het adres dat ze hadden opgegeven.

Ik had geen idee hoe Paul eruit zag.

Hun enige echte interactie was een kort telefoontje om de vergadering te plannen.

Cristina klopte op de deur.

Een oude zwarte vrouw antwoordde.

De vrouw droeg een dienstmeisje.

De vrouw zweeg vreemd toen ze elkaar aankeken.

'Hallo,' zei Cristina ongemakkelijk. 'Ik ben hier voor Paul.'

De oude zwarte vrouw knikte.

"Kom deze weg."

Cristina kwam binnen en het meisje deed de deur dicht.

De meid leidde hen de trap af van een vrij groot huis.

Cristina keek met jaloerse ogen om zich heen.

Alles was oud, donker en rustiek.

Overal was antiek.

Aan de muren hingen klassieke schilderijen.

Ze kwamen in een gang en de meid opende een deur nadat ze eerst had geklopt.

Cristina kwam binnen, toen vertrok de meid.

Het was een kantoorruimte.

Paul zat achter zijn bureau en werkte.

Hij was een knappe man van in de veertig.

Hij had een steenachtige uitdrukking op zijn gezicht die niet kon worden gelezen.

Zijn gezicht was perfect voor poker.

Zijn gezicht was leeg.

'Ga alsjeblieft zitten,' zei hij.

Cristina was geïntimideerd door zijn aanwezigheid en gebrek aan zakelijke ervaring.

Hij had nog nooit een deal gesloten.

Ze zat voor haar bureau.

'Je bent vast nieuw in deze branche', zei ze.

"Waarom zeg je dat?"

'Ik voelde je nervositeit toen je binnenkwam. Je zou moeten proberen te ontspannen. Ontspan, ik ben hier om je te helpen met alles wat je nodig hebt.'

Ze glimlachte onhandig.

"Ik zal het in gedachten houden."

'Oké. Vertel me nu eens over je horecazaak.'

'Nou, het is nog vrij nieuw,' zei hij, nadat hij er even over had nagedacht. "Ik kan maaltijden bereiden die passen bij jouw specifieke voorkeuren. Als je catering nodig hebt voor een feest, kan ik extra mensen inhuren. Ik heb veel vrienden van kookschool."

'Dat hoeft niet. Ik heb liever dat je alleen werkt. Op die manier zijn er minder problemen.'

Cristina knikte.

'Ik denk dat je alleen woont en dat je wilt dat ik je maaltijden kook.'

"Heel slim."

'Had u een specifieke overeenkomst in gedachten?'

"Dat hangt ervan af," antwoordde Paul. 'Heb je het druk? Heb je het druk?'

Ze glimlachte verlegen naar hem.

'Integendeel. Je bent mijn eerste echte klant. Ik heb hier en daar kleine dingen gedaan. Vooral voor de vriendinnen van mijn moeder die me een plezier hebben gedaan.'

'Wil je gratis zakelijk advies? Laat nooit een zwak punt zien. Het klinkt niet goed.'

"Oh zeker. Ik zal het onthouden."

"Wat een deal betreft," antwoordde Paul. 'Kunt u mijn maaltijden bereiden? Lunch en diner.'

'Tuurlijk. Dat zal geen probleem zijn.'

'Uitstekend. Ik wil dat mijn maaltijden van maandag tot en met vrijdag om 11.30 uur bij mij thuis worden bezorgd.'

'Natuurlijk,' beaamde ze.

'Deze overeenkomst zal in ieder geval de komende maanden van kracht zijn. Ieder van ons heeft de mogelijkheid om de overeenkomst op elk moment te beëindigen. Begrijpt u dat?'

"Ja ik begrijp het."

"Uitstekend."

'Heb je iets met eten?' Vroeg Cristina. "Mijn specialiteiten zijn Frans, Italiaans en verschillende stijlen uit Azië ..."

Hij schudde zijn hoofd.

'Het maakt niet uit. Breng ze maar op tijd.'

"Goed."

'Laten we nu eens kijken naar de cijfers. Hoe klinkt $ 100 per dag voor jou? Is het eerlijk?'

Cristina's ogen werden groot.

Het werk en het geboden bedrag waren veel meer dan ik had verwacht.

Hij besefte dat ze eruit moest zien als een idioot met een hondenuitdrukking op haar gezicht, dus hervond ze haar kalmte.

"Dat klinkt redelijk," antwoordde hij kalm. "Als het oké is."

'Dan is het klaar. Kun je morgen beginnen?'

'Geen probleem. Maar weet je zeker dat je niet eerst mijn kookkunsten wilt proberen?'

'Eerlijk gezegd kan de smaak van het eten me niets schelen. Je ging naar de kookschool. Dat is goed genoeg voor mij. Ik wil me geen zorgen maken over het eten terwijl ik werk.'

Cristina knikte.

'Oké. Ik begrijp het. Mag ik vragen wat je aan het doen bent? Je huis is prachtig. Ik hou van de rustieke sfeer.'

"Ik heb in mijn leven verschillende dingen gedaan. Ik ben tegenwoordig kunsthandelaar. Ik doe ook zeldzaam antiek. Op dit moment concentreer ik me op mijn schrijven."

"Wat ben je aan het schrijven?" Zij vroeg.

'Een paar memoires. Ik doe niet alsof ik beroemd of belangrijk ben. Maar ik heb een paar verhalen te vertellen. Het zou jammer zijn als niemand ernaar luisterde.

'O, dat klinkt interessant. Misschien kan ik het ooit lezen. Ik lees graag biografieën en memoires.'

Paul slaagde erin te glimlachen.

'Ik denk niet dat je geïnteresseerd bent.'

"Waarom niet?"

'Het is een gok. Maar wie weet? Soms heb ik het mis in deze dingen.'

"Oké", knikte Cristina ongemakkelijk.

Paul stond op en liep naar Cristina.

Ze begreep het en stond ook op.

Paul was bijna dertig centimeter langer dan zij.

Zijn lichaam doemde op boven Cristina's slanke en kleine lichaam.

Hij stak zijn hand uit en ze schudden elkaar de hand.

'Officieel hebben we een deal', zei hij. 'Ik kijk uit naar de eerste maaltijden morgen om 11.30 uur. Kom niet te laat. Ik tolereer geen ongehoorzaamheid.'

Ze slikte.

"Ja."

HOOFDSTUK 3

Cristina was nog steeds onder de indruk van de ontmoeting met Paul.

Hij ging op het bed liggen en keek naar het plafond.

Het aanbod leek te mooi om waar te zijn.

Het was bijna niet te geloven.

Maar hij was bang dat het een wrede grap was geweest, dacht hij.

Hij pakte zijn mobiele telefoon en belde zijn moeder.

Zijn moeder beantwoordde zijn telefoontjes altijd met een paar tonen.

Toen ze de telefoon opnam, verspilde Cristina geen tijd om alles uit te leggen.

Geen detail werd gespaard.

Cristina vertelde haar moeder alles over het aanbod en alle gevoelens die ze had toen ze Paul ontmoette.

"Dat is geweldig," antwoordde haar moeder.

'Dat weet ik. Het is een beetje gek, hè? Maar ik geloof er niets van totdat je geld in mijn hand is. Tot dan, denk ik het ergste aan.'

'Concentreer je op positieve gedachten, Cristina. Je bedrijf komt eindelijk van de grond.'

'Ik hoop het. Ik bedoel, $ 100 per dag voor twee maaltijden? Zelfs als hij me volgende week ontslaat, zal ik blij zijn dat ik zoveel geld heb verdiend.'

'Daar zou ik me geen zorgen over maken.'

"Wat bedoelt u?" Vroeg Cristina.

"Blijkbaar heeft Paul goede financiële reserves."

'Ik realiseerde het me. Zijn huis was als een museum.'

'Daar heb je het. Je hoeft je geen zorgen te maken dat zijn financiën krap worden. Houd hem gewoon tevreden met geweldige maaltijden, geweldige service en kom niet te laat.'

'Wat weet je van deze man?' Vroeg Cristina op een serieuzere toon. 'Het lijkt een beetje vreemd, nietwaar?'

Zijn moeder dacht even na.

'Een beetje. Ik heb hem maar één keer ontmoet op een feestje. Hij is een heel slimme jongen. Geen onzin. Juist.'

'Hij is het zeker,' grapte Cristina.

'Maar onderschat hem niet. Blijkbaar is hij een schatje bij de dames.'

"Werkelijk?"

'Dat heb ik gehoord. Zorg ervoor dat je wegblijft van zijn onweerstaanbare charme,' grapte hij.

"Heel grappig," antwoordde Cristina. 'Hij is beslist niet mijn type. Te oud. En te saai.'

'Ik ben blij dat uw bedrijf het goed heeft gedaan.'

"We zullen wel zien."

'Concentreer je op positieve gedachten, Cristina.'

HOOFDSTUK 4

Weken gingen voorbij.

Cristina had al tientallen maaltijden voor Paul klaargemaakt.

En ze had in die tijd duizenden dollars verdiend.

De dagelijkse routine was altijd hetzelfde.

S morgens vroeg opstaan.

Koken.

Giet alles voorzichtig in containers.

Breng hem voor 11.30 uur naar het huis van Paul.

Kom nooit te laat.

En nooit ongehoorzaam zijn.

Op een dag werd Cristina gevraagd om de lunch die ze had meegebracht op een bord in de keuken klaar te maken.

Dus ze deed het.

Het was de eerste keer dat ik klusjes deed in Pauls keuken.

Ze was trots op haar eten.

Hij wist dat het lekker smaakte, ook al had Paul hem nooit een compliment gegeven.

Hij kwam naar beneden in vrijetijdskleding.

Zoals altijd was zijn gezicht bijna uitdrukkingsloos.

Hij keek naar het eten op de eettafel en nam niet de moeite om commentaar te geven.

"Zal ik nu gaan?" Vroeg Cristina ongemakkelijk.

'Wacht even. Ik wil je iets vragen.'

"Goed."

Paul zat aan de eettafel terwijl Cristina bleef staan.

"Welke andere diensten bied je aan?" Ik vraag. 'Behalve koken.'

Cristina was verrast en bleef standvastig.

Hij bereidde zich voor op verdere toespelingen.

Ik was voorbereid op seksuele intimidatie.

'Ik bied eerlijke cateringservice. Ik kook gastronomische maaltijden. Dat is alles. Als je op zoek bent naar andere diensten, raad ik je aan ergens anders te kijken.'

"En waarom is dat?" vroeg hij streng.

'Eerlijk gezegd, je bent mijn type niet.'

'Jij bent ook niet mijn type.'

Ze was nog meer beledigd.

'Kijk, ik denk dat onze regeling goed werkt. Laten we dat zo houden. Al het andere werkt niet.'

'Denk je dat ik om seksuele gunsten vraag?' Ik vraag.

Cristina verstijfde.

"Het is niet zoals dat?"

"Ik geloof dat niet."

Zijn gezicht werd rood.

"Oh, sorry meneer."

'Vergeet het maar,' antwoordde hij. 'Ik vraag het omdat mijn dienstmeisje op het punt staat met pensioen te gaan. Als je extra tijd hebt, kun je me misschien helpen met mijn schoonmaakklusjes.'

"Wat moet ik doen?"

'Niets moeilijks. Schone vaat. Houd alles schoon.'

'Daar moet ik over nadenken.'

"Je wordt natuurlijk goed vergoed", antwoordde hij. 'En maak je geen zorgen, ik ga je niet over seks vragen. Je bent mijn type niet.'

Ze werd weer rood.

'Het spijt me van eerder. Maar ik zal erover nadenken. Waarom niet?'

'Kijk naar het aanbod. Mijn baan verloopt goed en ik zou een beetje hulp bij het onderhoud van je huis op prijs stellen.'

'Je gaat niet veel uit, hè?'

'Ik heb al de wereld rondgereisd en alles gezien', antwoordde hij. "In dit deel van mijn leven concentreer ik me op schrijven. Soms ga ik uit.

Ik hou nog steeds van sporten. Maar ik wil me geen zorgen maken over het huishouden. Je lijkt me een bekwame jonge vrouw, dus ik bied je extra werk aan.

Cristina knikte.

'Dat is erg gul van je.'

'Met het extra geld zou je een nieuwe kast en een nieuwe auto kunnen kopen.'

Ze was een beetje geïrriteerd door deze opmerking.

'Ik begrijp het. Ik heb geld nodig. Je hoeft het niet in te wrijven.'

'Ik heb het niet geprobeerd.'

'Goed. Ik zal het doen. Ik zal wat extra schoonmaak voor je doen.'

"Uitstekend," antwoordde hij met een zeldzame glimlach. 'We bespreken de grond later wel.'

Ze ging naar Paul toe en stak haar hand uit voor een handdruk.

Paul stond op als een heer en schudde hem de hand.

De deal is gesloten.

TWEEDE DEEL
DE DEUR GESLOTEN

HOOFDSTUK 5

Cristina slaagde erin om andere klanten te vinden voor enkele kleine klussen.

Maar het meeste van zijn werk werd voor Paul gedaan.

Ze maakte haar maaltijden elke dag van de week klaar.

Na verloop van tijd ging ze meer voor hem werken.

Ze deed kleine schoonmaakklusjes voor wat meer geld.

Cristina was altijd een ongeorganiseerd huishoudelijk persoon geweest, dus het was ironisch dat ze huishoudelijk werk deed voor iemand anders.

Maar het geld was goed, dus het kon hem niet schelen.

De afwas moest op een bepaalde manier worden schoongemaakt en gerangschikt.

De ramen moesten brandschoon zijn.

Meubilair moest stofvrij zijn.

Paul maakte de vloeren zelf schoon.

Paul was een heel bijzonder persoon.

En deze kwaliteiten triggerden soms Cristina.

Maar het geld was goed.

In zekere zin was Cristina er trots op Paul te helpen.

Op een vreemde manier voelde het alsof ze Paul hielp om zijn doel te bereiken, namelijk zijn boeken kunnen schrijven.

Ze zorgde voor hem als persoon.

HOOFDSTUK 6

De eettafel was netjes.

De lunch was klaar.

Cristina keek naar het bord en bewonderde haar mooie werk.

De kookschool was het waard.

Hij kon niet wachten tot Paul het probeerde, hoewel Paul nooit een compliment maakte.

Paul was ongebruikelijk laat voor de lunch.

Hij was nooit te laat.

De deur boven stond een beetje open en Cristina luisterde terwijl het toetsenbord woest werd gebruikt.

Ze wist dat hij het nog steeds druk had.

Ze ging de trap op en vroeg zich af of ze hem moest bellen.

Ze wilde haar werk niet onderbreken.

Maar ze wist dat Paul een man was die orde nodig had.

Ben je de tijd uit het oog verloren?

Toen zag ze het.

Bij de trap stond de deur op een kier.

Het was een kamer waarvan Paul had gezegd dat die taboe was.

Paul wilde dat ik alle kamers opruimde behalve deze.

Cristina's nieuwsgierigheid bereikte zijn hoogtepunt.

Boven hoorde ik Paul nog steeds schrijven.

Ze wilde de geheime kamer zien.

Ik wilde de kleine geheimen van Paul kennen, hoe klein ze ook zijn.

Ze was in hem geïnteresseerd.

Ze was geïnteresseerd in de man die ze wekenlang had gediend.

Hij deed een paar gemakkelijke stappen naar de deur.

Ze stak haar hoofd erin.

De kamer was donker.

Hij zette de lichtschakelaar aan en de kamer was helder verlicht.

Tot Cristina's verbazing was de slaapkamer de minst elegante plek in huis.

Maar alles zag eruit als antiek.

Hij kwam binnen en keek om zich heen.

Er waren verschillende houten en metalen werktuigen.

De ontwerpen bleken uit de middeleeuwen te stammen.

De apparaten leken groot genoeg om te kunnen zitten of liggen.

Aan de muur hingen verschillende zwepen en kettingen.

Er lagen veel touwen op een tafel vlakbij.

Cristina raakte met haar vinger een metalen apparaat aan.

Hij streek er met zijn vinger overheen en keek ernaar.

Het topje van zijn vinger was bedekt met een fijn laagje stof.

De kamer was al een hele tijd niet gebruikt.

'Je zou hier niet moeten zijn,' zei Paul van achteren.

Cristina was verrast door het geluid van zijn stem en huiverde.

Hij draaide zich om en zag Paul bij de deur staan.

"Oh het spijt me."

'Zei ik niet dat deze kamer niet een van je taken is?' vroeg hij en ging terloops naar binnen.

'Ik weet het. Maar het was open en ik was nieuwsgierig. Ik dacht dat je misschien wilde dat ik het opruimde.'

'Nee. Ik was van plan het later zelf schoon te maken.'

Cristina slikte.

'Je maaltijd is klaar. Het wordt koud.'

'Het kan wachten,' antwoordde hij en ging de kamer binnen om naar de apparatuur te kijken. 'Je moet je afvragen waar dit over gaat.'

'Het ziet eruit als een middeleeuwse martelkamer.'

'Je hebt bijna gelijk. Sommige van deze dingen zijn eeuwen geleden in de middeleeuwen gebouwd. Maar niet per se voor marteling.'

"Waarvoor dan?"

'Plezier. Seksueel plezier,' antwoordde hij bot.

Cristina was verrast.

'Ik kan me niet voorstellen hoe. Deze dingen zien er zo pijnlijk uit.'

"Dat is het punt."

'Dus zijn het eigenlijk bondage-apparaten?'

Hij knikte.

'Deze fetisjen bestaan al eeuwen. Kun je geloven dat deze apparaten zijn gemaakt voor koninklijke families en adel?'

'Het zou me niet verbazen. De meeste rijke mensen zijn een beetje verwend.'

Hij trok een wenkbrauw op.

"Is dit inclusief mij?"

"Oh nee, ik bedoelde niet jou," liep ze snel achteruit.

'Ik hield alleen maar voor de gek.'

Cristina ontspande zich.

'Natuurlijk. Waarom zitten al deze dingen opgesloten in deze kamer? Waarom verkoop je ze niet aan een museum of zoiets?'

'Misschien ooit. Maar nu schrijf ik erover in mijn boek. Ik was ook van plan om foto's van ze te maken. Daarom was de kamer open.'

'Je boek moet interessant zijn.'

"Ik hoop het," antwoordde hij. "Ik schreef over seks. Het soort overheersing en seksuele slavernij."

Cristina trok haar wenkbrauwen op.

'Echt? Je lijkt niet het type man voor dat soort dingen.'

'Dus wat voor jongen zie ik eruit?'

'Ik weet het niet. Squishy. Aardbei. Geen aanstoot.'

"Geen aanstoot," antwoordde hij. 'Hij was jaren geleden een heel ander mens. Ik was niet altijd zo teruggetrokken.'

"Wat is er veranderd?"

Paul wreef met zijn vingers over een metalen apparaat.

'Het is een lang verhaal. Je kunt mijn boek lezen als ik klaar ben met schrijven.'

'Nou, ik kijk er naar uit. Je hebt blijkbaar een aantal interessante verhalen te vertellen.'

'Weet je wat een meester is?' Ik vraag.

'Alleen de basis,' haalde hij zijn schouders op. 'Een man die over vrouwen heerst. Zwepen. Kettingen. Mishandeling. Zoiets, toch?'

'Min of meer. Ik was een meester voor veel onderdanige vrouwen. Mooie vrouwen met duistere verlangens.'

'Heb je haar geslagen?' vroeg ze nieuwsgierig.

"Soms."

"Hoe zit het met deze apparaten?" Zij vroeg. 'Heb je ze ooit bij je slaven gebruikt?'

'Af en toe. Maar de methoden zijn niet belangrijk. Het gaat niet om afranselingen of apparaten. Het gaat om overgave. Ze geven me hun lichamen. En ik doe wat ik wil met ze. Uiteindelijk is het plezier wederzijds.'

Cristina zweeg even.

Hij keek Paul recht in de ogen en wist dat elk woord dat hij zei waar was.

Ze wist dat Paul er ervaring mee had.

Ze wist dat Paul ernaar verlangde het nog een keer te doen.

'Je eten wordt koud', zei hij.

'Is dat het enige wat je kan schelen?'

Ze verstijfde even.

'Nou, catering is waarvoor je mij hebt ingehuurd, toch?'

'Je bent een slimme meid,' zei hij met een flauwe glimlach. 'Je begint me aardig te vinden.'

Paul liep naar haar toe en klopte Cristina zachtjes op haar schouder.

Toen draaide hij zich om en verliet de kamer terwijl Cristina in de war was door de onaangename ontmoeting.

Ze volgde hem naar de eetkamer en keek hoe hij at.

HOOFDSTUK 7

Later die avond.

Het was het telefoontje waarvan Cristina had gevreesd dat het de afgelopen maanden zou komen.

"Net zo?!" Vroeg Cristina.

'Het is eindelijk zover,' antwoordde haar moeder. 'Je vader en ik zullen je niet langer financieel ondersteunen. We denken dat je oud genoeg bent om voor jezelf te zorgen.'

'Je realiseert je dat het stadsleven duur is, nietwaar?'

'Schat, niemand dwingt je om in de stad te wonen. Je kunt altijd naar huis gaan en iets goedkoper zoeken om in te wonen.'

"Nee bedankt", zuchtte Cristina.

'Ik weet niet waarom je zo verrast bent. Ik heb je de afgelopen maanden gewaarschuwd. Toen ik zo oud was als jij, ...'

'De tijden zijn veranderd, mam. Heb je het nieuws gezien? Deze economische situatie is moeilijk. De kosten van levensonderhoud zijn waanzinnig.'

'Maar je bedrijf neemt een vlucht,' antwoordde haar moeder.

"Nauwelijks."

"Je moet wat ondernemender zijn als je succesvol wilt zijn. Er zijn zoveel potentiële klanten in de stad. Het enige wat je hoeft te doen is ze te vinden. Je bent een geweldige kok en een goed mens. Ik heb vertrouwen in Jij, Cristina. '

'Ja, je hebt gelijk. Ik dacht erover om contact op te nemen met verschillende bedrijven om te kijken of ze feestcatering nodig hadden.'

'Dat is het ondernemerschap', antwoordde haar moeder trots.

"Als het leven zo gemakkelijk was."

'Er komen goede dingen als je volhardend bent. Werk je trouwens nog steeds met Paul samen? Hoe gaat het?'

'Het gaat goed,' zei Cristina vaag.

'Nou? Is dat alles? Interessante details?'

'Niet echt. Ik kook vijf dagen per week voor hem. Hij betaalt me veel geld voor de service die ik bied. Hij is een rare jongen.'

'Kijk eens wie er praat', grapte haar moeder.

"Grappig."

'Ik maak maar een grapje. Je hebt gelijk. Paul lijkt een beetje afstandelijk. Maar hij is een slimme vent.'

"Hij is beslist een interessant persoon," antwoordde Cristina. 'En hij houdt me aan het werk. Dus ik kan niet klagen.'

'Dat zou jij ook moeten doen. Als je wilt dat je bedrijf groeit, moet je je klanten altijd tevreden houden. Dat werkte altijd voor mij.'

Cristina stopte even.

'Weet je, je hebt me net een idee gegeven.'

'Ik weet niet zeker of ik de manier waarop dat klinkt leuk vind.'

"Bedankt mam. Jij bent de beste."

'Pas op, Cristina. Ik steun je altijd. Ik hou van je.'

'Ik hou ook van jou, mam.'

Toen het gesprek eindigde, voelde Cristina een sterke vastberadenheid.

Ze was vastbesloten het goed te doen zonder de hulp van haar ouders.

HOOFDSTUK 8

De volgende dag.

Cristina wachtte aandachtig terwijl Paul lunchte.

Ze maakte de keuken schoon en deed het huishouden voor hem.

Toen Paul klaar was met eten, keerde ze terug naar de eetkamer en nam zijn bord van hem over.

Voordat Paul de kans kreeg om te vertrekken, stond ze respectvol voor de eettafel.

'Ik heb nagedacht,' zei Cristina met gevouwen handen. "Deze regeling werkte heel goed. Ik heb de meeste van je maaltijden en klusjes gedaan, zodat jij je op je werk kunt concentreren."

Paul leunde achterover en wist dat er een suggestie kwam.

'Mee eens. Dat werkte goed. Beter dan ik had verwacht.'

'Dus hoe zou jij je voelen als ik mijn taken hier zou willen uitbreiden? Voor extra geld natuurlijk.'

'Je doet al meer dan nodig is. En ik betaal je nu al een buitengewoon genereus salaris.'

'Dat waardeer ik,' zei Cristina beleefd. 'Maar je zou er meer baat bij hebben als ik meer voor je zou doen. De aanraking van een vrouw is altijd nuttig voor een alleenstaande man.'

Paul dacht even na.

'Het is een interessant punt. Ga door.'

'Ik weet zeker dat er nog veel meer dingen zijn die ik voor je zou kunnen doen.'

"Zoals?"

Cristina dacht even na.

'Nou, dat is aan jou. Misschien kan ik deze apparaten in de afgesloten kamer schoonmaken. Die kamer was stoffig. Ik zou wat extra kunnen schoonmaken. En misschien kan ik een feestje voor je geven.'

'Waarom ben je ineens zo geïnteresseerd in meer geld?' Vroeg Paul.

'Ik denk dat je kunt profiteren van de aanraking van een vrouw. Denk aan alle feestjes die je zou kunnen geven. Mensen zouden dol zijn op het eten. Je sociale leven zou geweldig zijn.'

'Vertel me de waarheid. Waarom heb je extra geld nodig?'

Cristina zweeg even.

'Mijn ouders zullen me geen geld meer geven. En de huur in deze stad is overweldigend. Als ik hier nog iets anders moet doen, zou ik dat graag doen.'

Paul knikte meelevend.

'Ik mag je als persoon, Cristina. Je werkt hard en hebt er plezier in. Maar ik zal je geen gratis geld geven, vooral niet als ik je goed betaal.'

'Ik begrijp het,' antwoordde Cristina, in een poging haar verdriet te bedwingen. 'Toch bedankt dat je naar me hebt geluisterd. Ik ben morgen terug.'

"Ik heb mijn laatste punt nog niet bereikt", voegde hij eraan toe. 'Ik zal proberen iets te bedenken. Iets dat bij je capaciteiten en kwaliteiten past. Als ik iets vind, laat ik het je weten en word je ervoor beloond. Klinkt redelijk?'

Ze lachte.

"Klinkt goed".

HOOFDSTUK 9

De dagen gingen voorbij.

Paul heeft nooit een bod gedaan.

Cristina heeft haar nooit gevraagd waarom ze niet de moeite wilde nemen.

Ze maakte zoals gewoonlijk de lunch van Paul klaar.

Paul ging eerder dan normaal naar de eetkamer.

Hij ging zitten en wachtte terwijl Cristina alles afmaakte.

'Het ziet er goed uit,' zei hij toen Cristina het bord met het eten bracht.

Het was echt een zeldzaam moment voor hem om haar te feliciteren.

'Bedankt. Het is geroosterd lamsvlees met aan één kant gebakken groenten.'

Paul ging naast haar zitten.

'Ga zitten. Er is iets dat ik met je wil bespreken.'

Cristina ging zitten en wachtte op wat hij te zeggen had.

'Ik heb nagedacht over je verzoek om meer werk,' zei hij. "Vooral over de behoefte aan een vrouwelijk tintje hier. Hoe dan ook, ik kom ter zake, ik zou wat van je inspiratie kunnen gebruiken bij mijn schrijven."

"Inspiratie? Hoe komt dat?"

'Misschien kun je voor me poseren. Ik heb de laatste tijd moeite met een writer's block en het kan me helpen iets te zien.'

Cristina keek bezorgd.

'Weet je zeker dat ik geen feest voor je zou moeten geven of zo? Dit zal waarschijnlijk beter werken.'

'Ik ben niet geïnteresseerd in het geven van een feestje,' antwoordde hij, achterover leunend in zijn stoel. 'Sorry, ik heb het net gevraagd. Het was ongepast.'

Ze dacht even na.

'Hoeveel geld zou je aanbieden?'

"Het hangt er vanaf."

"Van?"

'Van het werk dat je gaat doen,' zei hij. 'Ik heb nog nooit een model aangenomen. Maar ik weet dat het zou helpen bij het schrijven.'

"Wel, dat zal ik onthouden."

'Doe het niet. Het was een vergissing om het te vragen. Als je het niet erg vindt, wil ik nu eten. Ik heb later andere dingen te doen.'

"Ik zal dat doen!" Snauwde Cristina.

"Wat?"

'De modellenbaan die je me hebt aangeboden. Niemand zal het weten, toch? Hij zit vast tussen ons, toch?'

'Dat klopt', knikte hij. 'Er zal geen verslag van worden gemaakt. Ik heb alleen de inspiratie nodig.'

"Ik ben geïnteresseerd."

Paul zuchtte even.

'Ik denk niet dat je het begrijpt. Ik werd overhaast op mijn aanbod ingespeeld. Ik denk niet dat ik bij jou in de smaak ben.'

"Waarom niet?"

'Omdat je er zo ongemakkelijk uitzag in het landhuis.'

Cristina was een beetje in de war.

Ze realiseerde zich plotseling dat Paul op zoek was naar inspiratie voor zijn heerschappijverhalen.

Maar hoe dan ook, hij dacht aan geld.

'Ik kan leren me er op mijn gemak bij te voelen,' antwoordde ze. 'Geef me maar wat tijd. Zolang niemand het weet, komt alles goed.'

Paul keek hem lang en sceptisch aan.

'Zoals je wilt. Kom morgen om half negen hier. Vanaf dan regelen we het wel.'

"Hartelijk bedankt."

Cristina stond op en stak haar hand uit voor een handdruk.

Paul stak zijn hand uit en schudde de hare.

HOOFDSTUK 10

Later die avond.

Cristina was in de keuken maaltijden aan het bereiden voor de volgende dag.

Ze wist dat ze er de volgende dag geen tijd voor zou hebben, aangezien Paul verwachtte dat ze er om half negen zou zijn.

Nadat alles was voorbereid, keek Cristina zichzelf in de spiegel aan.

Hij vroeg zich af of ze knap genoeg was om model te staan voor Paul.

Hij vroeg zich af welke verrassingen er in de kamer waren.

Of het nou schattig zou zijn of niet.

En hij vroeg zich af over hoeveel geld we het hadden.

Paul was altijd vrijgevig geweest met financiële betalingen.

Hij vroeg zich vooral af hoeveel dominantie Paul wilde zien.

Cristina's rationele kant beheerste de situatie: geld is goed.

En niemand zal het ooit weten.

Mijn geheimpje met Paul.

Ze kleedde zich uit en probeerde een paar mooie outfits voor de slaapkamerspiegel.

Uiteindelijk koos ze voor een simpele gele jurk.

Het was niet al te onthullend.

En hij was ook niet al te preuts.

Het was het midden.

Ze borstelde haar haar en vroeg zich af hoeveel make-up ze moest dragen.

Dus besloot ze het niet te doen.

Dat zou de situatie te ongemakkelijk maken.

Alles was klaar.

Ze was klaar voor haar werk.

HOOFDSTUK 11

De ochtend van de volgende dag.

Cristina verscheen om kwart over acht bij Paul.

Ze wilde zeker weten dat ze van tevoren waren voorbereid.

Ze droeg haar gele jurk.

Haar haar was goed verzorgd en haar gezicht was schoon.

Het was best natuurlijk.

Nadat Cristina de voedselcontainers in de koelkast in de keuken had gezet, gingen ze samen op de houten apparaten in de privékamer zitten.

"Wat denk je?" Vroeg Cristina.

'Het hangt ervan af. Wat zijn uw grenzen?'

Cristina haalde haar schouders op.

'Ik weet het niet. Ik heb nog nooit zoiets gedaan.'

'Dan kunnen we het maar beter uitzoeken.'

Cristina's ogen dwaalden weer even door de kamer.

Het was de saaiste kamer van het huis.

De muren waren glad.

Maar er waren oude apparaten in verschillende maten en vormen.

Ze zagen er allemaal zo intimiderend uit.

'Ik blijf open,' zei hij. 'Maar ik hou niet van pijn. En ik wil niet dat je me te snel duwt. Je hoeft je niet te haasten. Oké?'

Hij knikte.

'Bedankt dat je duidelijk bent. Je moet weten dat ik een heel geduldige man ben. Ik heb al vele jaren talloze onderdanige vrouwen gedaan. Ik push nooit harder als ze er niet klaar voor is.'

Die woorden zorgden voor een vreemd gevoel over Cristina's kolom.

Ik bleef maar denken aan de uitdrukking "onderdanige vrouwen".

49

In een oogwenk besefte ze dat ze heel goed in dezelfde positie kon verkeren als deze 'onderdanige vrouwen'.

'Oké,' beaamde ze. 'Bedankt. Dus hoe beginnen we?'

Paul stond op en ijsbeerde langzaam op en neer terwijl Cristina in een gereserveerde positie zat.

Hij bekeek elk apparaat op een manier die Cristina zenuwachtig maakte.

'Ben je eerder vastgebonden geweest?' Vroeg Paul.

Cristina schudde haar hoofd.

"Duidelijk niet."

"Zou je graag willen zijn ...?"

"Ik weet het niet."

Hij wees naar de houten tafel.

"Waarom niet proberen?"

'Ik weet het niet,' haalde ze zenuwachtig haar schouders op.

'Is dat te veel voor je? Ik moet iets zien om me te inspireren. Het zal me niet veel helpen om je daar te zien zitten.'

Cristina stond langzaam op en haalde diep adem.

'Ik zal doen wat je wilt.'

'Weet je het zeker? Cristina, ik wil niet dat je iets doet waar je je niet prettig bij voelt. Ik kan andere manieren vinden om je te betalen.'

Ze haalde nog eens diep adem.

'Nee, dat weet ik zeker. We hebben een modellenovereenkomst en ik ben van plan verder te gaan.'

"Weet je zeker dat?"

"Ja helemaal."

'Ga dan maar liggen,' zei Paul, wijzend naar de houten tafel.

De tafel zag er pijnlijk ongemakkelijk uit.

Het zag er oud en rustiek uit.

Maar het was laag genoeg dat iemand er gemakkelijk op kon gaan liggen.

Aan weerszijden van de tafel waren oude metalen staven waardoor Cristina zich ongemakkelijk voelde.

Hij legde de gevoelens opzij en leunde achterover op de tafel.

Het was pijnlijk en ongemakkelijk zoals ze had verwacht.

Ze was ervan overtuigd dat de tafel bedoeld was voor marteling, niet voor plezier.

Hij vroeg zich af hoe iemand van zoiets kon genieten.

Hij ging in het midden van de tafel liggen en keek recht naar het plafond.

'Ik bind je polsen vast,' zei hij, terwijl hij op haar hoofd stond.

Ze zweeg even toen ze naar de gestalte van Paul keek die over haar heen stond.

'Oké,' antwoordde ze, terwijl ze haar polsen optilde. "Verder."

Paul pakte voorzichtig haar polsen en leidde ze naar de metalen staaf op de tafel.

De bar was koud zoals verwacht.

De textuur op de huid was niet erg glad, wat een teken was dat de baar lang vóór moderne machines was gemaakt.

Ze voelde hoe hij haar polsen met een dik touw aan de bar vastbond.

Cristina nam niet de moeite om te kijken.

Ze hield haar ogen op het plafond gericht.

"Het doet pijn?" Ik vraag.

"Ik voel me niet lekker."

Zijn voetstappen waren door de hele kamer te horen.

Cristina keek Paul niet aan.

Maar hij vroeg zich af wat Paulus dacht.

Het moet voor Paul spannend zijn om haar in een prachtige jurk te zien met vastgebonden polsen, dacht hij.

'Vertel het me nog eens,' zei hij. "Wat is uw limiet?"

Ze slikte.

"Doe me gewoon geen pijn."

'Mag ik je jurk openen?' vroeg hij met zachte stem.

"Nee niet dat."

'Dan heb je nog andere grenzen,' antwoordde hij met een beetje geamuseerd.

"Ik veronderstel."

"Kan ik je aanraken?" Ik vraag. 'Het is prima als je weigert. Maar sinds we zo ver zijn gekomen, zie je er zeker aantrekkelijk uit.'

'Als je wilt,' antwoordde hij verlegen.

'Het gaat er niet om wat ik wil. Het gaat erom waar je je prettig bij voelt.'

Hij worstelde even met zijn gedachten.

'Ik vind het prima. Het is oké. Ga maar door als je wilt. Ik bedoel, ik vind het prima.'

'Weet je het zeker, Cristina? Ik wil je niet onder druk zetten als je je niet lekker voelt.'

"Zolang je weet ..."

'Zolang het je maar een financiële vergoeding betaalt?' vroeg hij enigszins geamuseerd.

Door zijn toon en frasering voelde Cristina zich ongemakkelijk.

"Ja," antwoordde ze.

"Daar hoef je je geen zorgen over te maken".

Cristina verwachtte nog een sarcastische grap, maar Paul sprak niet meer.

Hij liep naar haar toe toen ze nog op tafel lag.

Cristina zag hem naar haar lichaam kijken.

Ik was duidelijk zenuwachtig.

Ze wist niet wat hij van plan was.

Zijn ogen feestten en dwaalden over haar lichaam.

Het was eindelijk besloten.

En hij deed zijn stap.

Paul bukte zich en raakte Cristina's knie aan.

Het was een plotselinge aanraking die haar verraste.

Ze huiverde.

'Gaat het, Cristina?'

'Met mij gaat het goed. Dat had ik gewoon niet verwacht.'

Hij streek met zijn hand over haar dij.

Zijn hand gleed omlaag tot hij onder haar gele rok zat.

Cristina voelde zich ongemakkelijk, maar het deed haar ook tintelen tussen haar benen.

Zijn ogen bleven op het plafond gericht.

'Vind je het erg als we doorgaan?' Ik vraag. "We zijn zo ver gekomen."

'Vooruit. Het kan me niet schelen.'

"Weet je zeker dat?"

"Ik ben er zeker van."

Paul pakte Cristina's rok en duwde hem omhoog.

Haar slipje was zichtbaar.

Paul liet zijn hand onder Cristina's slipje glijden.

Natuurlijk kromp ze weer ineen, maar ze hield zich in.

Pauls hand wreef over zijn kruis.

Cristina's lichaam en voeten spanden zich.

'Je moet je ontspannen', zei Paul. 'Anders zal het niet veel doen.'

"Goed."

Cristina deed haar best om haar lichaam te ontspannen.

Zijn ogen bleven op het plafond gericht.

Ze schaamde zich te gegeneerd om naar Paul te kijken.

Ze liet hem gewoon haar kruis aaien.

Ze hapte naar adem terwijl Paul met haar clit speelde.

Het was een stap die hij niet had verwacht.

Haar natuurlijke instinct was om Pauls hand vast te pakken en weg te duwen, zichzelf te bedekken en Paul in zijn gezicht te slaan, maar de touwen om zijn polsen waren strak.

Ze trok zachtjes, maar het mocht niet baten.

'Probeer je eruit te komen?' Vroeg Paul. 'Als je weg wilt, vertel het me dan, dan maak ik je meteen los.'

'Het spijt me. Het was een schokkerige reactie.'

'Nou, reageer niet zo. Dat is niet de reactie die ik wil.'

"Het is oké, sorry."

Pauls vingers bewogen zich in een boze cirkelvormige beweging over haar gezwollen klit.

Cristina had geen andere keus dan naar adem te happen.

Ze was te geschokt om haar gevoelens te bedwingen.

De vingers stopten niet.

Het was een groot genoegen.

Ze sloot haar ogen en genoot van Pauls plezier.

Het was een tintelend gevoel dat door haar lichaam stroomde.

'Ik kan je vertellen dat je dichtbij bent,' zei hij. 'Ontspan. Het is bijna voorbij.'

Met haar ogen nog steeds dicht, stond Cristina zichzelf toe om te genieten van Paul's vingers terwijl ze zich tegoed deden aan haar delicate kleine clitoris.

Even gingen voorbij voordat Cristina's vingers verstijfden.

Korte hijgende geluiden ontsnapten aan zijn lippen.

Zijn ogen waren stijf dicht.

Zijn spieren trokken zich samen.

Het was een welverdiende orgasme door alle druk in haar leven.

Eindelijk ontspande haar lichaam en nam Paul zijn hand van haar slipje.

Hij zette haar jurk weer op zijn plaats.

Hij klopte Cristina op haar dij alsof hij iets goed had gedaan.

'Je hebt er zeker van genoten,' zei Paul terwijl hij haar polsen los begon te maken.

Cristina voelde zich bevrijd.

Ze ging rechtop zitten en wreef over haar polsen, die een beetje rood en pijnlijk waren van het touw.

Het gevoel van een orgasme hielp de pijn tegen te gaan.

"Ik vond het leuk," antwoordde ze. 'Het was leuk. Echt heel fijn. God, ik heb me al een hele tijd niet meer zo gevoeld. Ik bedoel, niet zo goed als jij.'

'Ik ben blij dat je ervan genoten hebt. Het heeft veel herinneringen opgeleverd die me zullen helpen bij het schrijven. Je was een geweldige kleine inspiratie voor me.'

"Ik sta altijd graag voor u klaar."

"Uitstekend," knikte hij. 'Ik zal ervoor zorgen dat je cheque aan het einde van de maand een bonus krijgt. Ik denk dat je er vijfduizend dollar extra voor hebt verdiend.'

Verrassend genoeg schaamde Cristina zich.

Ze wist dat Paul het goed bedoelde.

Hij schatte de extra vijfduizend, wat veel meer was dan hij had verwacht.

Maar ze voelde zich schuldig, alsof ze zojuist haar lichaam en seksualiteit voor gemakkelijk geld had verkocht.

Het gaf haar een onrein en vies gevoel.

'Ik ben geen hoer,' flapte ze eruit, en had er meteen spijt van.

'Ik heb nooit gezegd dat jij het was.'

"Sorry," antwoordde ze. "Ik waardeer alles echt. Maar ik heb mijn lichaam nog nooit zo gebruikt om geld te verdienen."

Paul schudde teleurgesteld zijn hoofd.

'Het spijt me niet. Het is mijn schuld. Ik ben met je gehaast. Ik had je niet moeten vragen om voor mij model te staan.'

Cristina stond op en repareerde haar jurk.

'Ik heb ervan genoten', zei hij. 'Echt waar. Maar het was een beetje raar voor mij. Misschien kunnen we het de volgende keer een andere keer doen? Gewoon een beetje langzamer.'

'Ik denk het niet. Dit is duidelijk niets voor jou.'

Cristina wierp een verlegen blik terwijl het gevoel van orgasme nog door haar lichaam stroomde.

'Ik ga nu je lunch klaarmaken,' zei hij.

'Ik kan het zelf. Je kunt gaan.'

Ze knikte gehoorzaam.

'Ik ben blij dat we het hebben gedaan.'

'Ik ook,' antwoordde hij. 'Maar dat mogen we nooit meer doen. Ik zie je maandag.'

Cristina knikte en wist dat Paul al een vast besluit had genomen.

Nu was er een subtiele onhandigheid tussen hen.

Na nog een paar woorden te hebben gewisseld, vroeg ze zich af wat Paul van haar vond.

DERDE DEEL
HET NIEUWE WERK

57

HOOFDSTUK 12

Later die avond.

Cristina zat achter haar computer op zoek naar manieren om nieuwe klanten aan te trekken.

Hij stuurde zeker een dozijn e-mails naar verschillende bedrijven om zijn cateringbedrijf te promoten.

Ik verwachtte niet veel van een antwoord, maar het was het proberen waard en ik had niets te verliezen.

De telefoon ging over.

Het was haar moeder die belde om opnieuw te kijken.

Ze praatten zoals gewoonlijk en er viel niet veel te zeggen.

"Het is moeilijk om mijn eigen bedrijf te runnen", klaagde Cristina.

'Had je verwacht dat het gemakkelijk zou zijn?'

'Ik weet niet wat ik verwachtte. Ik vind het niet erg om hard te werken. Ik hou van koken voor andere mensen. Maar God, ik heb meer klanten nodig.'

'In mijn ervaring zijn zaken wat je weet,' antwoordde haar moeder. "Veel bedrijven komen voort uit persoonlijke relaties, dus ga erop uit en probeer nieuwe mensen te ontmoeten in plaats van online te zoeken."

"Klinkt logisch, denk ik."

"Ik denk? Wanneer heb ik het mis?"

"Ik weet het niet."

'Klinkt niet zo depressief, Cristina,' zei haar moeder. "Veel mensen worstelen met nieuwe zaken. Blijf het gewoon proberen."

"Dankjewel mam."

'Hoe gaat het met Paul? Betaalt hij je nog steeds goed?'

'Het is ingewikkeld,' zuchtte Cristina. "Maar ja, hij betaalt nog steeds goed."

'Hij lijkt me een gecompliceerde man.'

'Je weet er niet de helft van.'

Er viel een pauze aan de telefoon.

'Heeft hij iets met jou geprobeerd?' vroeg haar moeder voorzichtig.

Cristina loog snel.

'Echt niet. Natuurlijk niet.'

'Je kunt me de waarheid vertellen. Ik ben er voor je.'

'Mam, hij is mijn type niet. Als ik ooit zou bewogen, zou ik hem op zijn hoofd slaan met alles wat hij die dag kookte.'

'Dat klinkt als de geest van Cristina die ik ken,' grinnikte haar moeder.

'Hypothetisch, wat als ik het zou doen? Ik bedoel, hoe zou je je erover voelen?'

'Toen Paul een stap deed?'

"Ja," antwoordde Cristina. "Hoe zou jij je voelen?"

Er viel weer een pauze op de lijn.

'Ik denk dat het aan jou is. Als hij het je vraagt, is dat jouw beslissing.'

"Werkelijk?"

'Dat is jouw beslissing, Cristina. Maar als hij je kont in de keuken zou proberen aan te raken, zou ik je aanraden wat van je beroemde hete saus op zijn hoofd te gieten.'

'Natuurlijk,' antwoordde Cristina sarcastisch.

'Je lijkt iets aan je hoofd te hebben.'

'Niet meer. Bedankt mam, jij bent de beste. Ik moet je verlaten.'

"Doei, ik hou van jou."

'Ik hou ook van jou, mam.'

Het gesprek eindigde en Cristina leunde achterover in haar stoel.

Ze dacht aan Paul en het orgasme dat hij die dag had.

Hij herinnerde zich de gevoelens nog levendig.

Elke aanraking, elke emotie.

Het gevoel van hardhout tegen je lichaam.

Het gevoel van Pauls hand op haar kutje.

En vooral het orgasme.

Overheersing was nooit zijn ding, maar het voelde goed.

Hij zocht online en zocht naar verschillende termen.

Tijdens haar onderzoek voelde ze zich weer student.

Hij zocht verschillende keren naar slavernij en de geneugten ervan.

Ze keek naar verschillende plaatjes.

Dat wond haar weer op en hij streek met zijn hand over haar slipje.

HOOFDSTUK 13

Op maandag morgen.

Cristina probeerde er goed uit te zien toen ze naar het huis van Paul ging.

Ze droeg een blauwe jurk en haar haar was goed gekamd.

Paul lette niet veel op haar uiterlijk toen hij de deur opendeed om haar binnen te laten.

"Kunnen we praten?" Vroeg Cristina. 'Over zaken, bedoel ik.'

"Van nature."

"Geweldig. Wacht."

Cristina zette het eten in de keuken en ging naar de ruime woonkamer waar Paul had gezeten.

Ze zat tegenover hem.

"Ik heb dit weekend veel nagedacht", zei hij. "Over onze relatie."

'Ik ook,' zei hij, zonder haar gedachten te laten stoppen. "Ik denk dat we hier een einde aan moeten maken. Ik begrijp dat onze zakelijke relatie in gevaar is gebracht. Ik ben al op zoek naar een vervanger voor mijn huishoudelijke behoeften."

Cristina verstijfde even toen het nieuws haar langzaam overspoelde.

'Wat? Nee. Ik bedoelde het niet.'

'Ik denk dat het het beste is,' antwoordde hij. 'Je bent een briljante jonge vrouw. Je zult je plek in deze wereld vinden.'

De verbijsterde uitdrukking bleef op zijn gezicht. ""

Ik had dat niet verwacht. Ik dacht dat ons gesprek heel anders zou zijn. "

"Wat had je verwacht?"

'Ik kwam hier om je te vertellen dat ik geïnteresseerd was om verder te gaan, je weet wat we afgelopen vrijdag hebben gedaan.'

Hij trok een wenkbrauw op.

'Echt? En waarom wil je dat?'

'Moet ik het echt zeggen?'

"Ja."

Ze haalde diep adem.

"Natuurlijk werk ik hier met veel plezier. Ik geniet van de voordelen. Ik vind dat je een geweldige baas bent, het beste wat ik kon hebben. En ik heb echt genoten van wat we vorige week in de kamer hebben gedaan. Ik denk dat ik dat gedaan had eerst bang, maar ik heb veel nagedacht. en ik zou het niet erg vinden als we door zouden gaan.
"

"Interessant."

"Dus denk je?" Zij vroeg.

'Je bent niet zo verlegen als ik dacht. Ik had nooit verwacht dat je me deze dingen rechtstreeks zou komen vertellen. Ik ben onder de indruk.'

Ze glimlachte: "Dank je."

"Wat moet er nu gebeuren?"

'Ik weet het niet,' haalde hij onhandig zijn schouders op. 'Het is aan jou. Maar ik wil dat onze zakelijke relatie wordt voortgezet.'

'Wees moedig, Cristina. Vertel me wat er daarna gebeurt. Op dit moment. Ik wil weten wat je van plan bent. Verras me.'

Ze verzamelde haar moed en keek Paul vastberaden aan.

Zijn lippen verstrengelden zich en zijn neus trok een beetje.

Haar ogen waren gericht op Paul, die stoïcijns was en wachtte tot ze iets moedigs zou doen.

Cristina stond op en veegde haar jurk met haar handen.

Zijn vingers krulden zich om de bandjes van haar jurk.

Ze duwde de banden opzij en bewoog haar lichaam zodat de jurk op de grond kon vallen.

Ze stond voor Paul in haar witte beha en slipje en had haar prachtige jurk om haar enkels gewikkeld.

"Wat doe jij?" vroeg hij zonder emotie.

"Ik toon mijn toewijding aan het werk."

'Misschien heb je me verkeerd begrepen. Ik denk niet dat dit de juiste weg voor jou is.'

'Je zegt niet dat ik moet stoppen,' antwoordde ze. 'En ik hoor je ook niet klagen.'

Pauls ogen gingen over haar schaars geklede lichaam.

Ze was gemiddeld gebouwd, een beetje mager.

Kleine borsten en smalle heupen.

Het was duidelijk dat hij zelden trainde omdat zijn spierspanning zwak was.

'Je bent behoorlijk aantrekkelijk,' zei hij.

Ze trok haar jurk uit en deed een paar passen tot ze vlak voor Paul stond.

'Hier is de afspraak,' zei hij moedig. "De nieuwe deal. Ik zal je exclusieve leverancier zijn. Ik zal ook je rolmodel zijn als je denkt dat het nodig is. Je kunt me laten klaarkomen als je wilt. Als ik me echt goed voel, zal ik een plezier doen." antwoord gratis. "

Hij trok een wenkbrauw op.

'Gaat u de gunst teruggeven?'

'Ik laat je komen. Gratis. Ik ben geen prostituee. Maak gebruik van een dankbare ontvanger.'

"Klinkt als een ongebruikelijke zakelijke relatie."

'We zijn toch al over de grens gegaan,' zei hij.

'Ik moet erover nadenken.'

Cristina pakte Pauls pols vast en legde haar hand op haar slipje.

Hij raakte de buitenkant van haar slipje aan en wreef tussen haar benen.

'Denk snel na,' zei ze. "Anders zal ik het aanbod intrekken."

Hij glimlachte half.

'De dappere nieuwe Cristina. Ik mag haar.'

"Ik ook."

Paul drukte zijn vingers steviger tegen Cristina's slipje.

Ze kreunde bij de warme aanraking.

Ze kreunde nog meer toen Paul zijn hand in haar slipje stak en haar blote kutje aanraakte.

Ze was opgewonden en er was geen twijfel over mogelijk.

'Je bent nat,' merkte hij op en keek haar aan.

"Ik weet."

'Doe je beha uit. Laat me je zien.'

Cristina stak haar hand uit om haar beha los te maken en gooide hem op de bank.

Haar kleine parmantige borsten kwamen vrij.

Haar tepels waren roze en klein.

Ze werden snel gehard door de koude lucht en de schijnbare seksuele opwinding.

Ze weerstond de neiging om haar borsten met haar handen te bedekken, omdat ze zich altijd onzeker had gevoeld op zijn borst.

Maar ze probeerde dapper te zijn en duwde haar borst naar voren.

"Je vind ze leuk?" Zij vroeg.

"Ik hou van de borsten van elke vrouw. Elk is uniek en speciaal op zijn eigen manier. De jouwe is geen uitzondering. Ze zijn mooi."

"Dank u mijn heer."

"Dhr?" vroeg hij retorisch. 'Ik denk dat je weet wat ik leuk vind.'

"En wat vind jij leuk?" vroeg ze verlegen.

"Eigendom."

"Oh ..."

Paul trok het slipje van Cristina met beide handen op de grond en liet het meisje van top tot teen volledig naakt achter.

Hij stond op en pakte Cristina bij de hand.

'Volg mij,' zei hij. 'Er is iets dat ik je wil laten zien.'

Hij leidde Cristina door de gang terwijl hij op een romantische manier haar hand vasthield.

Cristina was zenuwachtig, maar hield haar bij.

Ze wist dat ze op weg waren naar de slavernijkamer.

Het idee maakte haar opgewonden en nerveus.

De deur stond op een kier en Paul deed hem open.

Hij deed het licht aan en ze gingen naar binnen.

De lucht was koud, waardoor Cristina's tepels nog harder werden.

Haar blik dwaalde om haar heen en ze vroeg zich af wat Paul had gepland.

'Je hebt nieuwe verantwoordelijkheden', zei Paul. 'Ik verwacht volledige gehoorzaamheid. Ik wacht altijd naakt op je. Begrepen?'

"Ja ik begrijp het."

'Buig over de tafel', zei hij. 'Op je buik. Ik zal je vastbinden. Ik wil dat je terugkomt.'

"Ja."

Cristina keek intimiderend naar de tafel.

Het was een andere tafel dan de vorige.

Maar het leek ook ongemakkelijk en pijnlijk.

Het hout zag er oud uit, net als het metalen frame.

Klagen had geen zin.

Ze deed wat hem gezegd werd en legde haar blote borsten en buik op de houten tafel.

Het was ongemakkelijker dan ik had verwacht.

Het hout was koud en jeukte aan haar gevoelige tepels.

Zijn ogen keken naar de grond.

Ze hoorde Paul door de kamer lopen voordat ze haar naderde.

'Ik zal je vastbinden,' zei hij. "Ontspan je armen en benen. Dit is een gemakkelijk proces als je kalm bent."

"Goed."

"Weet je zeker dat je dit wilt?"

"Ja," antwoordde ze.

"Waarom?"

'Omdat ik nog een keer wil komen.'

Cristina kreeg geen antwoord.

In plaats daarvan voelde ze dat Paul haar enkels aan het koude metalen frame van de tafel bond.

Het was ongemakkelijk en een beetje eng.

Elke knoop was erg strak.

Het touw was dik, wat zijn huid verwondde.

Dezelfde procedure werd op haar polsen uitgevoerd.

Elke pop werd op dezelfde manier aan het metalen frame vastgemaakt.

Toen hij klaar was, waren zijn enkels en polsen stevig vastgemaakt aan de tafel.

Ze had een blote buik en haar borsten waren stevig tegen het houten oppervlak gedrukt.

Het was nogal een vreselijk gevoel om te weten dat ze Paul absolute macht over haar lichaam had gegeven.

Ze was helder en volkomen weerloos.

Iets raakte zijn blote kont.

Het voelde hard, maar tegelijkertijd zacht.

Ik wist niet zeker wat het was.

Toen voelde ze hoe Pauls vingers haar kont raakten.

'Vind je het erg als ik je zo aanraak?' vroeg hij, het antwoord wetend.

"Niet."

"Goed. Ik vind je huid mooi. Je bent heel schattig ..."

Pauls hand streek langs haar kont en voelde elke ronding.

Hij masseerde elk van haar billen met zijn sterke handen.

Toen voelde ze weer iets hards haar billen aanraken.

Het had een glad, gebogen oppervlak.

"Wat is dit?" Zij vroeg.

"Het is een vibrator. Heb je er ooit een gebruikt?"

"Niet."

"Wil je het voelen?"

"Ik sta ervoor open."

"Brave meid."

Er klonk plotseling een zoemend geluid in de kamer en Cristina deed huiveren.

Zijn ogen bleven op de grond gericht terwijl hij naar het gezoem luisterde.

Haar lichaam trilde heftig toen het gezoem het puntje van haar clitoris raakte.

Het was pijnlijk, op een slechte manier en op een goede manier.

Ze probeerde ze te bevechten en de touwen te bevechten, wat nutteloos was.

Het neuriën hield op.

"Zullen we hier een einde aan maken?" Ik vraag.

'Nee, alsjeblieft niet. Ik stop met bewegen.'

'Beheers jezelf, Cristina.'

Het geroezemoes kwam terug toen de vibrator opnieuw werd geactiveerd.

Hij raakte haar klitje aan en Cristina deed haar best om stil te blijven.

Hij vocht tegen de drang om te vechten toen hij het gevoel van vibratie op zijn meest gevoelige gebied accepteerde.

Het deed zijn vingers hevig krullen.

Hij klemde zijn tanden op elkaar toen zijn kaak zich sloot.

Zijn vuisten balden zich stevig vast.

Het laatste wat ze verwachtte was dat haar clit werd gemarteld met een vibrator.

Het neuriede en neuriede.

De punt van de vibrator werd tegen haar clitoris gedrukt totdat ze dacht dat hij zou ontploffen.

Net voordat ze van pijn wilde gillen, bewoog Paul de vibrator en stopte hem in haar kutje.

Het was een onwerkelijk gevoel.

Het was lang geleden dat ze haar meer dan alleen vingers hadden gepenetreerd.

De vibratie in haar poesje was een mengeling van pijn en plezier.

Paul duwde en trok vakkundig het seksspeeltje.

Cristina deed haar best om niet te schreeuwen.

"Heb je er plezier mee?" vroeg hij gekscherend.

Cristina hapte naar lucht.

"Ik ... ik ... uh ..."

"Ja of nee?"

"Ja! God, ja."

Paul duwde het apparaat verder in Cristina's kut en liet haar nog meer naar adem snakken.

Hij was bijna buiten adem toen hij volledig in zijn lichaam kwam.

Zijn armen en benen rukten aan de touwen, maar het mocht niet baten.

Ze zat vast in haar natte vagina met de krachtige vibrator.

"Ben je dichtbij?" Ik vraag.

Ze worstelde naar woorden.

"Ja bijna..."

"Ren voor me schat."

De vibrator werd genadeloos ingedrukt en in Cristina's kut getrokken.

Ze probeerde haar lichaam te ontspannen, waardoor ze gemakkelijker een orgasme kreeg.

Ze deed haar best om haar vaginale spieren te ontspannen, zodat Paul zijn weg kon vinden.

Haar orgasme was aanstaande vanwege de vibrator.

En het was een orgasme zoals ik nog nooit eerder had gevoeld.

Vastgebonden en geslagen worden met een vibrerend object dat in haar kutje prikt, was een krachtige combinatie.

Cristina's tenen spanden meer en haar vuisten werden steviger gebald.

Elke spier in zijn lichaam trok zich samen.

Zijn naar adem happen en kreunen werden harder.

"Oh mijn god ... Oh mijn god ... Oh mijn god ..."

Plots werd het apparaat op een hogere snelheid geschakeld en werden de trillingen veel sterker.

Cristina schreeuwde om de sterke vibratie terwijl ze werd geduwd en in haar kutje werd getrokken.

Ze huilde.

Toen snikte ze ongecontroleerd terwijl ze klaarkwam.

Een golf van vloeistoffen gutste uit haar kutje, waardoor er een zooitje op de tafel ontstond en een plas op de harde vloer achterbleef.

Meer schokken kwamen van de krachtvibrator totdat de vloeistoffen stopten.

Paul verwijderde de vibrator uit Cristina's poesje, wat een luide brom veroorzaakte.

Toen zette hij het uit.

Toen de vaginale aanval eindelijk eindigde, was Cristina's kutje een druipende puinhoop.

Het vocht was als een kleine orgasmestroom.

Haar kutje glinsterde van vaginale vloeistoffen.

De tafel was nat.

En de vloeistoffen vielen als een druipende kraan op de grond.

Cristina was nauwelijks bij bewustzijn toen ze langzaam bijkwam.

Het was verreweg het beste orgasme dat ze ooit had gehad.

Ze hoorde de voetstappen van Paul haar hoofd naderen.

Paul boog zich voorover en kuste haar haar.

Ze vroeg zich af waarom Paul haar nog niet had losgemaakt.

'We zijn ... we zijn ... klaar ...' begon hij te spreken.

'Nog niet. Herinner je je je belofte nog?'

"Welke?" kreunde ze.

"Je zei dat als ik je zou laten klaarkomen, je de gunst zou beantwoorden. Hoe voelde je orgasme aan?"

"A ... verdomd ... ongelooflijk," barstte het uit.

Paul glimlachte naar haar.

'Braaf meid. Zou je de gunst willen teruggeven?'

'Ja meneer. Wilt u me losmaken?'

"Ik vind je leuk in deze positie."

Cristina hoorde Pauls broek opengaan.

Ze wist precies wat Paul wilde.

Hij stond nog steeds naast haar gezicht, wat betekende dat hij niet geïnteresseerd was om haar te neuken, althans niet die dag.

Hij keek op toen Paul zijn gezicht naderde.

Ze zag zijn harde pik recht naar haar lippen wijzen.

Het was duidelijk wat hij wilde.

Met een wellustig hart opende Cristina haar mond terwijl Paul nog een stap naar voren deed en tussen haar lippen kwam.

Er was geen emotioneel proces en er was geen tijd om aan te passen.

Paul duwde gewoon zijn heupen naar voren zodat Cristina kon zuigen zoals een goede sub zou moeten.

"Mijn God. Je hebt engelachtige lippen," zei hij, onder de indruk van de manier waarop hij zich op zijn pik voelde.

Orale seks was nooit het ding van Cristina.

Ze was er nooit erg goed in, en het was nooit haar voorkeur om dat te doen.

Maar met Paul streefde ze ernaar hem een plezier te doen.

Vooral met het sterke orgasmegevoel dat nog steeds door haar lichaam stroomt.

Zijn gebrek aan vaardigheden was geen probleem, aangezien zijn lichaam nog steeds aan de tafel was vastgebonden.

Paul deed al het werk en duwde zijn heupen zachtjes heen en weer.

Het enige wat hij nodig had was een warme mond om te neuken.

Het enige wat Cristina hoefde te doen was haar lippen stevig om Pauls harde lid te houden en te zuigen.

"Verdomme, ik kom," gromde Paul. "En je zult het doorslikken."

Zijn gevoel van bevel was opwindend voor Cristina om een reden die ze niet begreep.

Ze voelde hoe Pauls handen over haar haar wreven terwijl hij zoog.

Ze voelde hoe zijn lid zich nog meer in haar mond kneep.

Ze deed haar best om haar tong op zijn lid te gebruiken, waarvan haar altijd was verteld dat het goed voelde.

Zijn pik zonk in haar mond, waardoor ze kokhalzend werd.

De kokhalsreflex was verschrikkelijk.

Maar Paul stelde zich voor hoeveel Cristina kon vasthouden, dus hij duwde nooit te hard.

Het was het kenmerk van een professional, dacht ze bij zichzelf.

Ze zag hoe Paul zichzelf streelde tot een orgasme terwijl het puntje van zijn erectie nog in haar mond zat.

Ze hield haar lippen stevig om hem heen gesloten.

Paul gromde terwijl hij haar boos aaide.

Enkele seconden later zat haar tong onder het sperma van Paul.

Straal na straal.

Het had een andere smaak.

Ze slikte hard om te voorkomen dat haar mond overstroomde.

Enkele seconden later stopte de stroom van sperma en Cristina slikte alles door.

"OMG," zei Paul, terwijl hij zijn pik uit zijn mond trok. 'Dat was geweldig. Waar heb je zo leren zuigen?'

Hij bukte zich even voordat hij opstond om zijn broek te sluiten.

Toen bukte hij zich om Cristina los te maken.

Toen ze werd vrijgelaten, streelde ze haar eigen polsen en enkels, die waren gemarkeerd met donkerrode markeringen.

Ze besefte al snel dat ze nog steeds helemaal naakt was en dat het haar niets meer kon schelen.

Ze vond het leuk om naakt voor Paul te zijn.

"Ik heb echt genoten van de hele ervaring", zei hij zelfverzekerd.

Paul raakte de achterkant van haar nek aan en kuste haar voorhoofd, en toen nog meer op haar wangen.

Ten slotte drukte hij verschillende kusjes op haar haar.

"Ik ook. Onze club zal heel goed werken. Denk aan alle kansen die we samen kunnen delen."

"Ik weet."

'Je bent als een vlinder die voor mijn ogen groeit,' zei hij.

'Het is allemaal jouw schuld,' glimlachte hij. 'Nou, als je me wilt excuseren, ik heb iets heel speciaals gemaakt voor de lunch. Je zult het geweldig vinden. Ik weet zeker dat je trek hebt, dus ik zal het nu beter doen.'

Cristina stond op en liep naakt naar de deur.

Er was vertrouwen in zijn wandeling.

Ze hield ervan naakt te zijn.

Het was leuk.

Vloeistoffen droop langs haar benen.

De smaak van sperma zat nog in haar mond.

Toen ze bij de deur kwam, stopte ze en wendde zich tot Paul, trots op zijn naakte lichaam.

Ze zei dat hij zich geen zorgen moest maken over de rotzooi in de kamer, ze zou het later opruimen.

Het maakte deel uit van zijn nieuwe taken.

EINDE

75

ONDERDANIGE CHEF 2: THE MASTER CHEF

77

MICHAEL

79

HOOFDSTUK I

Sinds ze klein was, wist ze dat ze kok wilde worden.

Ik heb heel hard gewerkt om die droom waar te maken en ik had eindelijk alles wat ik ooit wilde toen terwijl ik maaltijden voor Paul serveerde, hij me aanbeveelde en ik de positie van chef-kok kreeg bij een van de beste restaurants in New York.

Maar de top bereiken had zo zijn bijwerkingen op mijn persoonlijke leven.

Op 28-jarige leeftijd heb ik maar heel weinig vrienden en, hoewel ik een paar vriendjes heb gehad, had ik geen serieuze liefdesbelangen.

Ik ontmoette Michael en zijn oudere broer Tony op een lokale boerenmarkt waar ik vaak heen ga.

Ze waren mede-eigenaar van een foodtruck en hingen elke week rond op de boerenmarkt.

Ongeveer een jaar nadat hij hen had ontmoet, kreeg Tony een baan als chef-kok in een plaatselijk restaurant en Michael wilde de foodtruck niet alleen houden.

Een chef-kok uit mijn restaurant is onlangs vertrokken nadat hij nog een kans had gekregen.

Dus ik huurde Michael in om hem te vervangen.

We hebben vanaf het begin heel goed samengewerkt.

We zijn erin geslaagd een werkrelatie te onderhouden, ook al voelde ik me erg tot hem aangetrokken.

De meeste mensen zouden zeggen dat Michael er normaal uitzag.

Ik vond het echter mooi.

Michael is ongeveer 1,80 lang en woog misschien 85 kilo.

Hij heeft kort, warrig zwart haar.

Hij heeft de hele tijd een halve baard en heeft mooie lichtbruine ogen.

HOOFDSTUK II

Nadat het restaurant 's avonds gesloten was, gingen Michael, ikzelf en een paar anderen van het restaurant vaak uit, aten en dronken wijn om te ontspannen na een lange dag op het werk.

Hij is echt grappig.

Dus ik hoop dat ik het kan laten gaan als de tijd daar is.

Michael en ik zouden zo nu en dan stiekem gaan rennen als we konden.

Ik vind het heerlijk om met hem te rennen.

Hij is vaak zonder hemd en zijn zweet gloeit op zijn lichaam.

Ik denk dat ik het heerlijk zou vinden om met mijn tong over haar bezwete lichaam te strijken.

Ik stel me voor dat ze twee heet en bezweet zijn terwijl we aan het neuken zijn.

Maar ik moest die gedachten van me afschudden en me concentreren op het rennen, niet op hem.

Ik kon geen relatie aangaan met iemand met wie ik samenwerk en die ook mijn werknemer is.

Hoe dan ook, ik weet niet of je het leuk zou vinden.

Ik ben 1,65, ik weeg ongeveer 60 kilo, ik heb golvend haar op schouderlengte, wat moedervlekken en nu draag ik een bril met zwarte montuur.

Ik ben zeker niet te mager, ik ben misschien schattig, maar ik ben niet mooi.

Ik ben niet wat je de droom van elke man zou noemen, zo zag ik mezelf tenminste.

Op een dag waren we ons aan het klaarmaken voor het avondeten en Michael was te aardig voor me.

We maakten altijd grapjes en hadden een leuke tijd in het restaurant, maar vanavond was het anders.

De hele nacht vond hij redenen om me overdreven aan te raken.

Als hij iets nodig had dat naast me was in plaats van te lopen om het te pakken, kwam hij achter me aan en streelde mijn kont.

Toen ik een keer sprak met een andere chef die op het station voor mij werkte, kwam hij achter me aan en was zo dichtbij dat ik de hitte van zijn lichaam kon voelen.

Ik kon hem diep horen ademen terwijl hij aan mijn haar rook.

Ik voelde zijn adem in mijn nek, waardoor ik rillingen kreeg.

Een andere keer zocht ik iets op de hoge richels, wat een veelvoorkomend probleem is voor kleine meisjes zoals ik, en hij kwam achter me staan om me te helpen en wreef met zijn kruis tegen mijn kont.

Op dat moment wist ze niet zeker wat er met haar was gebeurd.

Maar ik genoot ervan.

Ik stelde me voor dat hij me daar in de keuken zou dwingen en me van achteren zou neuken.

Gewoon denken dat me nat maakte.

Ik probeerde hem niet te laten beseffen dat ik het voelde en bad dat niemand anders het zou merken.

Ik moest de keuken onder controle houden en hoe meer het me raakte, hoe moeilijker het werd om me erop te concentreren om deze gerechten op het juiste moment voor het avondeten uit te krijgen.

Het lukte me om door de service te komen en alles goed en op tijd geserveerd.

HOOFDSTUK III

We gingen dicht voor de avond en Martin, een afwasmachine, kwam naar buiten en liet Michael en mij achter om de schoonmaak af te maken.

Mijn hoofd duizelde na zo'n drukke dienst en als klap op de vuurpijl had Michael de hele nacht zijn handen en kruis om me heen.

Ik vroeg me af waar dat allemaal over ging.

Hij is nog nooit zo fysiek bij mij geweest.

We maken grappen en plagen, maar nooit iets fysieks.

We waren klaar voor de avond en waren op weg om andere collega's en chef-koks te ontmoeten op onze favoriete plek voor het avondeten en rondhangen na het werk.

We liepen er meestal alleen heen omdat het maar een paar straten verderop was.

Ik sloot de deur en we begonnen door het steegje te lopen en ik voelde dat Michael zijn hand op mijn rug legde terwijl we praatten.

Dit is prima, dacht ik, niets schadelijk hier.

Hij zorgt waarschijnlijk gewoon voor me.

We bleven lopen en zijn hand ging lager naar mijn kont en kneep.

Ik draaide me om en schreeuwde tegen hem.

"Michael, wat ben je aan het doen? Je hebt me de hele nacht de handen opgelegd! Ik heb geprobeerd het te negeren, denkend dat je zou stoppen of misschien wist je niet wat je aan het doen was. Maar dit ... dit is al duidelijk ".

Ik zei het terwijl ik hem met mijn beste blik aankeek, nu moet je me antwoorden.

Michael keek om zich heen alsof hij de woorden probeerde te vinden om zijn gedrag te verklaren.

Toen sprak hij eindelijk.

'Cristina ... ik vind je leuk sinds we elkaar op de boerenmarkt ontmoetten. Maar ik heb nooit het lef kunnen hebben om het je te vertellen. Ik had niet gedacht dat je iemand als ik een kans zou geven.' Legde Michael uit.

Ik onderbrak hem en vroeg hem:

'Dus je dacht dat je me kon vertellen dat je in mij geïnteresseerd was door in mijn kont te knijpen?'

'Ik weet het, maar ik heb gehoord dat je een onderdanige kant hebt, Cristina, het spijt me dat ik je kont streelde.' Hij pauzeerde even en vervolgde: "En vanmorgen tijdens onze vlucht leek je zo geil dat het me alles kostte wat ik kon om je niet naar een afgelegen plek in het park te brengen en je daar te neuken. Ik denk de hele tijd aan je. " "

Ik stond versteld.

Michael denkt aan mij en heeft seks met mij?

Is het je opgevallen dat ik onderdanig ben en hou van overheersing?

Hoe kan het zijn?

Hij vindt me sexy en wil me neuken?

En na al die tijd vertel je me dat?

Ik heb dezelfde gevoelens voor hem verborgen, omdat ik bang was voor afwijzing en hij ook bang was om het te doen.

Ik voelde me verloren in zijn verklaring, maar ik voelde me ook bevrijd.

Kunnen we dit doen?

Michael trok me toen dichter naar hem toe en keek me in de ogen.

Het was alsof hij acceptatie en goedkeuring zocht.

Zijn mond zag er zo heerlijk uit, zijn ogen brandden diep in mijn ziel.

Toen gebeurde het.

HOOFDSTUK IV

Michael vouwde zijn hand in mijn haar, trok me nog dichterbij en kuste me.

Het was lang, hard, gepassioneerd en erg heet.

Ik trok me terug en voelde me flauwvallen van opwinding.

Ik voelde mijn hart bonzen.

"Michael, ik heb dit zo lang gewild. Ik mocht jou ook vanaf het moment dat we elkaar ontmoetten en ik dacht niet dat je me een kans zou geven. Toen werden we zulke goede vrienden dat ik dat niet wilde verpesten ." Zei.

"Cristina, in deze tijd dat ik samenwerkte, heb ik gezien hoe je de leiding neemt in de keuken, je respect eist en het personeel je het geeft omdat je het verdient. Iedereen houdt van je. Je bent de koningin van de keuken. Je bent een perfecte Domme. Je bent schattig! Ik hou van de manier waarop je je haar achter je schattige kleine oortjes stopt. Ik hou van de manier waarop je voor jezelf zingt en danst als je niet denkt dat er iemand in de buurt is of luistert. '

Smeekte Michael.

'Denk alsjeblieft niet zo weinig van jezelf. Omdat ik het niet denk.'

Voordat ik wist wat hij deed, trok ik hem naar me toe en waren we weer aan het zoenen.

Onze handen lagen op elkaar.

Ik kon er niet meer tegen.

Ik hield van hem.

ik had het nodig

NU!!

Terwijl we kusten en elkaar aanraakten, trok Michael me tegen de achterkant van het gebouw.

Hij trok mijn koksmantel uit terwijl hij me kuste en mijn oor en daarna mijn nek likte.

Zijn handen gingen naar mijn broek en hij opende ze en maakte ze langzaam los.

Ik legde mijn handen op zijn schouders om mezelf te stabiliseren.

Hij knielde neer en terwijl ik mijn broek uitdeed, kuste hij mijn buik, tot aan mijn heupen en daarna aan mijn binnenkant van de dijen.

Ten slotte deed hij mijn broek uit en gooide ze samen met mijn jas.

Mijn geest ging duizend per uur, mijn hart klopte snel.

Hij kon niet geloven dat dit eindelijk zou gebeuren.

En van alle plaatsen waar het kon zijn, was het achter het restaurant en in een donker steegje.

Maar het kon me niet meer schelen.

Ik wilde zo graag Michael in me hebben.

Mijn poesje begon te kloppen en nat te worden.

Michael keek me toen met wilde ogen aan en zei:

'Weet je het zeker van deze Cristina? We kunnen stoppen wanneer je maar wilt. Zeg het me gewoon, oké?'

Ik probeerde op adem te komen en verzekerde hem:

"Ik ben nog nooit in mijn leven zo zeker van iets geweest."

HOOFDSTUK V.

Hij begon mijn binnenkant van de dijen te kussen.

Een spoor van zachte en tedere kusjes achterlatend.

Toen hij bij mijn natte poesje kwam, haalde hij diep adem en ik kon hem zien glimlachen.

Hij haakte zijn vingers onder mijn rode slipje en liet ze naar beneden glijden om ze uit de weg te ruimen van wat hem daaronder te wachten stond.

Toen begon hij mijn poesje te kussen, maar raakte het nog niet aan.

Ik realiseerde me dat hij het leuk vond om me voor de gek te houden.

Eindelijk, na een paar minuten hiervan, stak hij zijn tong tussen de plooien van mijn natte poesje en likte de sappen die hem te wachten stonden.

Ik stak mijn handen in zijn haar en hij tilde mijn been over een van zijn schouders om er gemakkelijker bij te kunnen.

Het voelde zo goed.

Hij verslond mijn poesje.

Hij begon een ritme van eerst mijn clit zuigen, en dan zijn tong mijn anale gaatje neuken, en dan van mijn natte gaatje naar mijn clit likken en opnieuw beginnen.

Hij deed het keer op keer.

Het voelde zo goed.

Ik wilde dat hij zijn tong en vingers in mijn anus stak.

Dat hij me tegen de muur zette en me hard dwong door zijn pik van achteren te steken.

Maar ik ben nog nooit zo gegeten.

Michael was erg goed en ik genoot van elke minuut.

Ik wist niet hoeveel ik nog kon nemen tot ik kwam.

Hij stak toen een vinger in me, schoof hem in en uit terwijl hij aan mijn clitoris zoog.

Dit ging nog een paar minuten door.

En ik kon er niet meer tegen.

'Michael, ik kom als je niet stopt!'

Hij stopte niet, hij was meedogenloos.

Ik realiseerde me dat hij wilde dat ik kwam.

Dus ik heb mezelf eindelijk laten gaan.

"Aaahhhh, fuck Michael!" Kreunde ik, terwijl ik over haar hele gezicht rende.

Mijn lichaam schokte toen golven van plezier over me heen spoelden.

Michael verspilde geen druppel van mijn sappen, terwijl hij zich aan me vastklampte.

Toen hij begon op te staan om me in te halen, kuste hij zich een weg terug naar mijn navel en trok toen langzaam mijn zwarte hemd af.

Ik begon zenuwachtig te worden dat iemand naar ons zou luisteren.

Ik keek beide kanten op, maar zag niemand.

Ik had mijn rode beha al uitgetrokken.

Mijn C-cup borsten passen perfect in zijn warme handen terwijl hij erin kneep.

Hij begon op mijn stijve tepels te zuigen.

Af en toe beet hij ze lichtjes, en stuurde een straal van plezier naar mijn poesje.

Hij werkte aan mijn beide borsten terwijl ik in zijn rug en zijn mooie kont klauwde.

Ik weet niet waarom we zo lang hadden gewacht om elkaar te vertellen hoe we ons voelden en nu zijn we in een donker steegje klaar om te neuken!

Dit werd me te veel, dus ik trok hem naar zich toe en kuste hem.

Hij proefde me in zijn mond.

Het was zoet en het voelde erg vies en opwindend om ermee van mijn sappen te genieten.

Ik begon mezelf te verliezen in de omhelzing.

Ik voelde hoe onze zielen verbonden waren op een manier die ik nog nooit eerder met iemand had gevoeld.

Hij onderbrak mijn gedachten, draaide me plotseling om en zette me voor de bakstenen muur.

Ik propte mijn kont dicht en kneep in zijn kruis en smeekte hem om te doen wat hij het liefst wilde.

Hij spreidde mijn benen en knoopte zijn broek los.

Ik voelde hoe hij zijn grote kloppende pik langs mijn kont en vervolgens in mijn poesje wreef.

Stoppen bij de opening van mijn geslacht.

'Michael, neem me nu alsjeblieft van achteren!' Smeekte ik hem.

"Is dit wat je wilt, trut? Cristina, vertel me, smeek me om je in je reet te neuken"

Hij begon langzaam het puntje van zijn pik in mijn strakke gaatje te dopen en zijn vinger nat te maken met mijn sappen, en kwam er weer uit.

Mij bespotten.

Zijn gebrek aan respect heeft me opgewonden als nooit tevoren.

"Ja alsjeblieft meneer. Neuk me. Neuk me hard. Heel hard." Zei ik terwijl ik me een beetje omdraaide en naar hem keek.

Zijn ogen waren gevuld met passie en lust, voor mij.

Plots botste hij meteen tegen me aan.

Hij gaf me alles wat hij had, de twintig centimeter in mijn kont!

Het voelde zo goed.

Ik kon niet geloven hoe groot en pijnlijk het van binnen voelde.

Me helemaal opvullen.

"Aaahhhh fuck! Yeah yeah yeah! Geef het aan mij! Harder! Neuk me harder! Spank me!"

Hij begon me op mijn billen te slaan terwijl hij me hard tegen de muur duwde.

Zijn pik gleed bijna volledig in mijn anus van de sterke duw die hij me gaf.

Toen begon hij het eruit te trekken en liet alleen zijn hoofd binnen en hij botste weer tegen me aan.

Hij deed dat verschillende keren.

Het deed steeds minder pijn en het plezier werd steeds ongelooflijker.

Ik leunde met mijn armen tegen de muur zodat ik hem met deze kracht kon blijven vasthouden.

Terwijl hij mijn middel vasthield met de ene hand en mijn schouder met de andere, bleef hij me hard neuken.

Toen vertraagde hij en begonnen we een beat.

Ik deinsde achteruit en ontmoette al zijn stoten.

Het was hypnotiserend en het voelde geweldig.

Toen nam hij zijn hand van mijn schouder, raakte mijn clit aan en begon eraan te werken terwijl hij mijn kont bleef neuken.

Ik had het gevoel dat ik weer zou komen.

Maar hij moet mijn spieren hebben gespannen en gestopt.

"Je kunt nog steeds niet komen, trut, ik wil deze keer met je meegaan Cristina."

Michael fluisterde de obscene woorden in mijn oor terwijl hij zijn grote pik uit mijn verwijde anus trok.

Toen ging hij op zijn knieën zitten en begon mijn kont te kussen, beginnend bij het begin van mijn kont en eindigend bij mijn verwijde gaatje.

Dit verraste me.

Geen van mijn vorige vriendjes of bedrijven, hoe weinig ze ook waren, had ooit geprobeerd mijn kont te kussen.

Maar ik had me altijd afgevraagd hoe het zou voelen.

Nu heb ik mijn kans.

Hij nam ook de volledige controle over mijn poesje en mijn kont.

Bewerk de anus met zijn tong, steek dan een vinger en dan twee.

Langzaam haar tijd nemen om zich op hem voor te bereiden.

Hij stak zijn hand op en begon met mijn clit te spelen.

Mijn knieën werden zwak.

Al deze stimulatie voelde geweldig, maar het was ook overweldigend.

'Michael, alsjeblieft! Ik kan hier niet veel meer van nemen. Geef me wat je hebt en laat me komen!' Vroeg ik, hijgend van lust. 'Maar doe het moeilijk, ik wil dat je me domineert. Dat je doet wat je van me wilt.'

Michael keek me verbaasd aan en gaf me wat ik wilde, wat we allebei wilden.

Eerst stopte hij zijn pik in mijn natte poesje om hem weer te smeren.

En toen voelde ik het weer in mijn hol. Snel duwde hij zijn hoofd en zonder te wachten tot ik klaar was, introduceerde hij zijn hele lid in mij. Het deed al veel pijn, maar verdomme, het voelde super goed.

Hij voelde me gespannen en hij begon snel heen en weer te schommelen, waardoor ik steeds meer diepte kreeg.

Sterker, wilder.

Het was superheet.

Ik had weer zin in een pak slaag en sloeg me elke keer als hij zijn grote lul in me duwde.

Het voelde voortreffelijk!

Ze voelde me meer gespannen raken en begon me nog harder te neuken.

Hij hield mijn middel met beide handen vast en gleed dieper en dieper in me totdat ik zijn ballen tegen mijn natte poesje voelde bonzen.

Het voelde zo goed.

We verhoogden de snelheid en het kostte alles.

Ik voelde me zo vol.

Hij sloeg mijn kont gestraft en werd keer op keer rood.

"Ooooohhhh ... Aaahhhh ... Neuk Michael ... wat een harde pik heb je. Het voelt zo goed, stop alsjeblieft niet." Smeekte ik hem.

"Bitch, ik heb geen plannen om binnenkort te stoppen. Je voelt je te goed en ik heb hier lang op gewacht. Ik ga je neuken tot je flauwvalt." Ne fluisterde Michael terwijl hij me nog een keer sloeg.

Maar zijn woorden waren de trigger.

Hij begon me nog harder te neuken en weer met mijn clit te spelen.

Ik kon gewoon niet langer wachten en begon hard te klaarkomen.

Er kwamen woorden uit mijn mond waarvan ik niet eens zeker weet of ze coherent waren.

Ik voelde hem sneller pompen en zijn pik zwol in mijn kont.

Toen liet hij zijn lading op mijn kont vallen en vulde hem.

Dan sijpelt het uit mijn kont, vermengd met mijn sappen die langs mijn dijen lopen.

Hij pompte nog een paar keer en zorgde ervoor dat hij alles in me achterliet.

Mijn lichaam kronkelde van heerlijk genot.

Toen we allebei aan het genieten waren van onze langverwachte orgasmes, vielen we op de grond.

Ik zat daar op zijn schoot en draaide me om en probeerde zijn gezicht te kussen.

Hij keek in mijn ogen en ik in zijn mooie lichtbruine ogen.

Beiden ongelovig over wat we net hebben gedaan.

Hij gleed langzaam van mijn achterste af.

HOOFDSTUK VI

Na een tijdje legde Michael mijn haar achter mijn oren en zei:

'Cristina, het spijt me zo dat het zo lang duurde voordat ik je vertelde hoe ik me voel. Maar ik ben blij dat je hetzelfde voor mij voelt. Ik heb dit nog nooit zo voor iemand gevoeld als jij.'

Toen de tranen over mijn wangen begonnen te lopen, omdat ik me nog nooit zo gelukkig en begrepen had gevoeld, zei ik het enige wat ik kon.

"Ik voel me hetzelfde!"

We bleven nog een paar minuten zitten en omhelsden elkaar, totdat we iemand de steeg in hoorden komen.

We haastten ons om ons aan te kleden en renden de andere kant op voordat iemand ons kon zien, in lachen uitbarstend.

Toen we in het restaurant kwamen om met onze vrienden rond te hangen, was iedereen al heel opgewonden.

Ze vroegen waar we waren geweest en we bedachten een excuus.

Ik denk niet dat ze de grote gekke glimlachen op ons gezicht opmerkten of beseften dat we elkaar grondig hadden geneukt.

Ik kan niet wachten om thuis te komen bij Michael om het weer zo moeilijk te doen.

EINDE

97

ONDERDANIGE CHEF 3

99

LYDIA

HOOFDSTUK I

Alles is de afgelopen weken een wervelwind geweest.

Een paar weken geleden was ik alleen in mijn verbeelding met Michael aan het neuken.

Maar sinds Michaels eerste seksuele ontmoeting met mij in de steeg achter het restaurant, was alles veranderd.

Wat ooit alleen in mijn dromen gebeurde, was nu vaak in het echte leven gebeurd.

Naast de geweldige en dominante seks, zorgt Michael ervoor dat ik me speciaal, mooi en begeerd voel als nooit tevoren.

Ik kom uit een geweldige familie die veel van me houdt.

Maar ze moeten van me houden en me vertellen dat ik mooi ben.

Michael hoeft het niet te zeggen!

Hij zorgt ervoor dat hij weet dat ik een speciaal meisje voor hem ben.

Michael en ik brengen zoveel mogelijk tijd samen door.

We slapen bijna elke nacht in elkaars appartement.

Eigenlijk is hij nu hier bij mij thuis.

Hij slaapt nog steeds in mijn bed.

We hebben een lange en drukke nacht gehad in het restaurant.

We verzuimen om daarna met elkaar uit te gaan, zoals we gewoonlijk doen.

We zijn er ook in geslaagd om onze romantiek verborgen te houden op het werk en met onze vrienden en familie.

Ik was niet van plan een relatie te hebben met iemand met wie ik werk.

Ik wil er zeker van zijn dat dit gaat werken, maar ik weet niet zeker hoe het mijn autoriteit als chef-kok zou kunnen beïnvloeden.

Dus ik wil gewoon voorzichtig zijn totdat we klaar zijn voor iedereen om het te weten.

HOOFDSTUK II

Het is acht uur 's ochtends en ik maak al zijn favoriete ontbijt voor hem sinds hij een kind was, alleen met een persoonlijk tintje.

Dit omvat pannenkoeken gecombineerd met banaan, ananas en walnoten, gegarneerd met slagroom en hotdogs aan de zijkant.

En ik heb koffie gezet.

Alle geuren van het ontbijt mixen in de lucht waardoor het hier zo lekker ruikt!

Ik draag natuurlijk niets anders dan zijn overhemd en mijn bril.

Mijn haar is een puinhoop van onze grote verdomde avond ervoor, maar ik probeerde mijn vingers te gebruiken om het een beetje te temmen.

Ik heb mijn favoriete band die op Spotify speelt

Een van mijn favoriete liedjes speelt overal in de keuken.

Ik zwaai heen en weer en verlies mezelf in de hartverscheurende teksten van het nummer.

"Je weet alleen wat ik wil dat je weet. Ik weet alles wat je niet wilt dat ik weet. Je mond is vergif, je mond is als wijn. Je denkt dat je dromen dezelfde zijn als de mijne ... Oh, dat doe ik niet Weet ik niet. Nee ik hou van je, maar morgen zal ik het doen. Oh, ik hou niet van je, maar in de toekomst zal ik ... "

'Wat kan een man' s ochtends nog meer vragen? ' Zegt Michael achter me, me verrast. 'Ontbijt, koffie en een sexy meisje in mijn overhemd', fluit hij naar me.

Ik draai me om en zie Michael in de keukendeur staan in zijn zwart-grijze broek en een dwalende blik op zijn gezicht.

Zijn ogen gloeiden als vuur, gevuld met lust.

Haar zachte, weelderige lippen gingen een beetje uit elkaar, klaar om te worden verslonden.

Ik zie zijn grappige bobbel leiden naar een heerlijke plek die ik heel goed heb leren kennen.

Mijn mond werd droog toen ik hem zo goddelijk zag.

'Ben je klaar? Wauw, ik heb zo'n honger.' Zegt hij met een duivelse glimlach op zijn gezicht.

Hij smaakt geweldig naar waar ik op dit moment honger naar heb en het is geen eten.

En twee kunnen dat spel spelen.

'Als je het over ontbijt hebt, ja.' Vertel ik het hem terwijl ik me omdraai en onze borden en kopjes koffie ga klaarmaken. 'Heb je goed geslapen? Dat weet ik. Ik slaap altijd beter als je in mijn bed ligt. Vooral na goede seks!'

'Dus jij? Je moet dan vannacht heel goed hebben geslapen.' Hij vertelt het me met een knipoog en een scheve glimlach.

Wauw, ik hou van haar mond en de dingen die ze ermee doet.

Ik loop naar het kookeiland waar Michael heeft gezeten en ga bij hem zitten voor onze koffie, daarna onze borden met pannenkoeken en worstjes.

Toen ik ging zitten, zorgde ik ervoor dat ik hem lichtjes met mijn kont aanraakte.

'Eigenlijk heb ik gisteravond heel goed geslapen, heel erg bedankt. Eet nu, mijn hongerige man!'

We zaten naast elkaar en raakten elkaar af en toe lichtjes aan.

Ik nam een vinger en sleepte hem over de slagroom die mijn pannenkoeken bedekte en likte hem langzaam af, terwijl ik ernaar keek.

Ik zag hem rusteloos bewegen en ik wist dat ik hem te pakken kreeg.

Michael probeerde het echter te verbergen.

Ik pakte een van mijn stukjes worst en begon het sap eruit te zuigen.

Ik genoot van elk verleidelijk moment om hem te plagen.

Dit ging nog een paar minuten door, totdat Michael er niet meer tegen kon.

Michael stond op en draaide me om op mijn kruk zodat hij tussen mijn benen kon staan en diep in mijn ogen kon kijken.

Ik kon zien dat hij erg opgewonden was.

Zijn erectie puilde zijn pyjamabroek uit en hij kwam steeds dichter bij mijn nu natte poesje.

Hij begint zijn hand op te steken naar mijn gezicht.

Denkend dat hij mijn haar achter mijn oor zou stoppen zoals hij gewoonlijk doet voordat hij me kuste.

Ik was verrast dat hij vooruit bleef gaan.

Hij buigt zich voorover, neemt wat slagroom van mijn pannenkoeken en brengt zijn vingertoppen naar mijn mond.

'Maak open,' eist Michael.

Hij is bloedheet als hij dominant is.

Ik doe mijn mond open en hij laat zijn vinger glijden.

"Nu, zuigen." Hij vervolgt met zijn strenge stem.

Ik doe wat hij zegt en begin aan zijn vinger te likken en te zuigen.

Het smaakte zoet.

Michael streek met zijn andere hand over mijn dij.

Elke keer kwam hij steeds dichter bij mijn steeds pijnlijker wordende vrouwelijkheid.

Hij smeert nog meer slagroom op zijn vinger.

Deze keer plaatste hij het onder mijn oor, daarna likte hij het met zijn tong zo zacht.

"Doe je armen omhoog". Michael vertelt het me.

Ik doe weer wat hij vraagt.

Dan trekt hij het overhemd uit mijn armen en gooit het ergens opzij.

Ik ben volledig blootgesteld.

Mijn C-cup borsten zijn nu bloot en mijn tepels verharden als de koele lucht van de plafondventilator ze streelt.

Hij blijft slagroom op mijn sleutelbeen aanbrengen, waar ik een tatoeage heb met een paar vliegende vogels.

Lik dan de slagroom en kus dan elke vogel.

Dit maakt me aan het lachen.

Dan komt Michael neer op mijn mollige witte borsten.

Hij neemt de tijd om elke tepel te plagen, de een na de ander te likken en te zuigen.

Zijn mond op mijn borsten voelt heerlijk aan en ik begin te kreunen als hij er zachtjes in bijt.

Hij blijft zachtjes met zijn handen over mijn binnenkant van de dijen wrijven, waardoor ik kippenvel krijg over mijn hele lichaam.

Dan grijpt hij me om mijn middel en tilt me op naar het aanrecht.

Hij moet ooit mijn bord hebben verplaatst, dat wist ik niet eens.

Dan doet ze weer slagroom op haar vinger.

Hij kust me zacht en vriendelijk.

Ik wankel bij de gedachte waar de vinger deze keer heen gaat.

Dan laat hij het langzaam in mijn strakke hete poesje glijden.

Hij maakt echter een grapje over dit spel.

Ik heb alle kracht in mij nodig om de controle niet te verliezen.

Maar uiteindelijk bezweek ik aan zijn ritme en liet ik me gewoon mijn poesje masturberen.

Ik wirwar mijn handen in zijn haar terwijl Michael mijn mond blijft binnendringen met zijn tong.

Ik begin te bijten en aan haar onderlip te trekken.

Ik hoor hem kreunen.

Michael glijdt in een andere vinger en begint ze sneller te pompen en gebruikt zijn duim om aan mijn clitoris te werken.

Dit is ongelofelijk!

'Michael! Dat voelt zo goed. Ja ... Ga zo door.' Smeekte ik hem.

Ik pak een van mijn handen en traceer langzaam zijn nek, schouder en borst met mijn vingertoppen.

Blijf mijn hand dat pad volgen.

Op dat sexy pad dat me leidt naar die plek waar ik van hou!

Ik maak het trekkoord van haar pyjamabroek los en trek zachtjes terwijl ze op de grond vallen.

Michael komt eruit en schopt ze.

Ik begin haar perfecte kont te tasten.

Ik strijk mijn nagels over zijn rug en ga weer naar beneden om het gelukkige pad weer te vinden.

Deze keer volgde ik hem de hele weg en sloeg mijn handjes om zijn grote harde pik en begon hem te pompen.

Hoe sneller ik zijn dikke lid pomp, hoe sneller zijn vingers op mijn poesje werken.

"Cristina, je bent zo verdomd sexy. Dat weet je toch?" Zeide hij terwijl we doorgingen met zoenen en terwijl hij me bleef neuken en met mijn clit speelde.

'Ja, dat begin ik te geloven. Maar door jou voel ik me sexy.' Ik bekende terwijl ik worstelde om een orgasme uit te stellen dat ik in me voelde groeien.

Michael moet het gevoel hebben gehad dat hij op het punt stond naar me toe te komen toen hij snel zijn vingers terugtrok en zijn gezicht in mijn poesje begroef op het punt om een orgasme te krijgen.

Hij zoog hard aan mijn klitje en werkte met zijn tong over mijn lippen.

Toen ik begon te klaarkomen, bleef hij de sappen likken die uit me stroomden.

Ik klampte me vast aan zijn hoofd en hield hem op zijn plaats op mijn poesje terwijl ik schreeuwde van extase.

Hij bleef likken en zuigen terwijl mijn lichaam begon te kronkelen terwijl golven van plezier door mijn lichaam gingen.

HOOFDSTUK III

Toen mijn lichaam kalmeerde, keek Michael me aan met een twinkeling in zijn ogen en een grote glimlach op zijn gezicht en zei:

"Het is mijn beurt!"

Michael greep me om mijn middel en trok me van de toonbank.

Zorg ervoor dat ik stevig op mijn voeten sta voordat ik op de kruk ga zitten.

'Het zou mij een genoegen zijn, meneer!' Zei ik verlegen, terwijl ik over hem heen op mijn knieën begon te zakken.

Ik hield zijn enorme lul in mijn kleine hand, en toen herinnerde ik me de slagroom.

Ik denk dat hij wraak nodig heeft voor het spel van vroeger.

Ik sta op en hij grijpt me vast.

"Waar denk je dat je heen gaat?" Hij vertelt mij.

"Ik besloot dat ik honger had naar meer dan alleen je pik." Antwoordde ik met een glimlach, terwijl ik zocht naar de slagroom op haar bord.

"Ooooohhhh, dit wordt tegelijkertijd ondraaglijk en geweldig. Je bent zo ondeugend." Antwoordde Michael, terwijl hij tegen de toonbank leunde.

Toen deed ik wat slagroom in haar mond en kuste haar zachtjes en likte de rest van haar lippen.

Toen deed ik wat op haar tepels en zoog erop.

Op weg naar het gelukkige pad, deed ik wat op zijn navel en likte het schoon.

Daarna had ik nog wat slagroom en smeerde het de hele weg, wat me naar mijn gelukkige plek leidde!

Langzaam begon ik hem te likken, heen en weer, op en neer, totdat ik zijn grote mooie lul tegenkwam.

Michael kreunde en schopte me nu, maar ik ben nog niet klaar met hem.

Ik neem nog wat slagroom en smeer het lichtjes op de punt, langs de schacht en de basis van zijn pik.

Ik laat hem daar achter terwijl ik zijn ballen vasthoud en begin ze te likken.

Ik zuig aan elke bal, terwijl ik zie hoe hij naar me kijkt.

Ik kan aan zijn ogen zien dat hij al genoeg is gemarteld, dus ik zal niet meer slecht zijn.

Ik let eindelijk op wat hij wil dat ik doe, wat hij met zijn ogen smeekt.

Beginnend bij de basis schep ik met één grote lik alle slagroom in mijn mond.

Dan sla ik langzaam mijn mond om hem heen en neem de eerste keer het grootste deel van het lid in mijn mond.

Dan begin ik een tijdje alleen aan zijn hoofd te zuigen.

"Fuck schat! Je bent te goed voor mij! Je mond is geweldig!"

Michael kan amper praten voordat ik het weer naar mijn mond breng, het hele lid.

Dus begin ik een aanval op zijn grote lul.

Zuigen en likken zijn grote pik keer op keer.

Ik ben meedogenloos, ik breng hem op de rand van een orgasme en dan stop ik.

'Wat ben je aan het doen? Ik was er bijna! Stop niet.' Zei hij met brandende ogen.

'Ik weet gewoon niet of ik nog honger heb. Je zult me moeten smeken als je wilt dat ik klaar ben.' Legde ik uit terwijl ik mijn tong lichtjes op het puntje van zijn pik bewoog. "Wil je nog meer?"

"Ja, ik wil dat je mijn dikke lul zuigt totdat je me laat klaarkomen, dan wil ik dat je mijn sperma drinkt en elke druppel doorslikt!" Hij bestelde.

Toen vervolgde hij voorzichtig:

"Alsjeblieft en bedankt!"

'Oké, aangezien je het zo vriendelijk hebt gezegd, zal ik je geven wat je wilt.'

Toen begon ik weer aan zijn pik te zuigen.

Ik ging naar zijn ballen omdat ik er misselijk van werd.

Ik was erg trots dat ik erin geslaagd was mijn misselijkheid te bedwingen en ik keerde terug naar de lading op zijn grote lul.

Michael stond op en hield mijn hoofd vast en ik voelde hoe hij de achterkant van mijn keel sloeg terwijl hij mijn gezicht neukte.

Ik pakte zijn kont en hield hem vast terwijl hij steeds sneller ging.

Ik voelde het in mijn mond opzwellen.

Ik wist dat hij zich klaarmaakte om zijn lading te blazen, dus hield ik me stevig vast.

"Oohhh, ja, fuck Cristina!" Hij schreeuwde terwijl hij zijn lading vloog die met grote kracht mijn mond binnenkwam.

Terwijl ik al zijn sperma nam en het doorslikte, gromde Michael en beval:

"Dat klopt, wees een braaf meisje en slik het allemaal door schat"

Hij pompte nog een paar keer terwijl de laatste van zijn melk in mijn mond sijpelde in afwachting van zijn schokken.

Hij tilde me overeind.

Ik dacht bij mezelf: het was een goed uitgevoerde pijpbeurt geweest.

Je hebt er erg van genoten.

Michael hield mijn hoofd schuin en kuste me teder en wreef zachtjes over mijn rug en schouders.

Dan, terwijl hij me hard op mijn kont sloeg, zegt hij:

'Je bent een heel stoute meid die me belachelijk maakt zoals je deed. Maar ik zou je op geen enkele andere manier willen hebben.'

'Ik vertel je dezelfde schat. Ik hou van je.' Fluisterde ik in zijn oren, terwijl ik de jeuk over mijn kont wreef. 'Ik ga ontbijten.'

Toen kuste ik hem op de wang en we waren klaar met het ontbijt.

HOOFDSTUK IV

Dit is hoe het de meeste dagen was sinds we samen waren.

We waren speels en maakten graag grapjes met elkaar.

Maar we kunnen ook serieus en schattig zijn.

Ik denk dat afwisseling en plezier een geweldig stel zijn.

Althans vanuit mijn beperkte ervaring, dat lijkt te werken tussen ons.

Later die dag gingen Michael en ik naar het restaurant om ons voor te bereiden op het werk.

Ik was in de wolken.

Eerst de geweldige neukbeurt van de avond ervoor en nu van de speelse ochtend die we hadden.

Ik kon niet anders dan glimlachen.

Ik ben nog nooit zo gelukkiger geweest in mijn leven.

Na het klaarmaken van de gerechten voor het avondeten, was het tijd om het menu van vanavond aan de obers te presenteren.

Toen ik naar de eetkamer ging, stopte ik in mijn tracks.

Daar, aan tafel met de rest van het personeel en de eigenaar, zat een nieuwe serveerster.

Ze was lang en aan haar atletische postuur kon ik zien dat ze goed voor zichzelf zorgde.

Ze heeft donkerblauwe ogen die op de oceaan leken, robijnrode lippen en lang blond krullend haar.

Ik voelde me meteen rood.

Ik moest mezelf in evenwicht houden, zodat ik je kon vertellen over het dinermenu.

Terwijl ze de verschillende gerechten aan het personeel uitlegde en terwijl ze alles op zich namen, probeerde ze de nieuwe serveerster niet aan te kijken.

Maar kijken hoe ze de vork van mijn eten in haar mond stopte en haar ervan zag genieten was erg heet.

Ik voelde me aangetrokken tot zijn mond en de manier waarop hij zijn lippen likte na een paar happen.

De manier waarop hij zijn ogen sloot, een beetje kreunend en zijn hoofd achterover hield, was erg vurig.

Het was bijna alsof ze expres sensueel probeerde te zijn.

Ze hadden eindelijk alles geprobeerd en konden uit de eerste hand met klanten praten over het menu van de avond.

Hij kon niet snel genoeg de winkel uitkomen.

Dus ik ging de achterdeur uit om wat af te koelen na ... na ... nou ja, wat het ook was.

Ik besloot het gewoon een beetje weg te poetsen.

Misschien zijn het gewoon mijn hormonen of zoiets.

Het is niet zo belangrijk.

Toen ging ik weer naar binnen om aan onze drukke dienst te beginnen.

Ik kon niet wachten om naar buiten te gaan en de gebruikelijke menigte vrienden en collega's in het restaurant te ontmoeten voor het avondeten.

Haar zenuwen waren aan de oppervlakte en ze had rust nodig.

HOOFDSTUK V

Aan het eind van de avond kuste Michael me en vertelde me dat hij vanavond niet naar het restaurant ging voor het avondeten.

Hij heeft 's ochtends een paar dingen te doen en hij moest binnenkort naar bed.

Dus ging ik alleen naar het restaurant.

Het is je typische jaren 60-restaurant.

Ze hebben een vinylplaatmachine die willekeurige muziek afspeelt.

En ze hebben de beste hamburgers en patat!

Het raakt echt de plek na een lange drukke nacht.

Toen ik daar aankwam, was alles behoorlijk dood.

Er waren een paar oude mannen die hier stamgasten zijn, aan de balie die koffie dronken en taart aten.

In een hoek zaten een paar tieners die hij nog niet eerder had gezien.

Dan was er onze gekke groep.

"Hallo iedereen!" Ik schreeuw vanaf de deur naar ze als ik ze aan onze vaste tafel zie.

Ze waren er allemaal.

Michael's broer Tony, Frankie, een chef-kok uit een ander restaurant, John, een kok, en Julia, een serveerster, allebei uit het restaurant ... en ... OMG zij is het!

Het is de nieuwe serveerster.

Hoe, waarom, wat ...

Ik kan mijn gedachten niet eens afmaken als ik voel dat mijn wangen opwarmen en mijn poesje begint te tintelen.

Ik denk dat Julia haar moet hebben uitgenodigd om te komen.

Dit wordt een interessante avond.

Laten we eens kijken hoe dit gaat.

Ik hoop dat ik mezelf niet belachelijk maak.

Ik denk dit allemaal terwijl ik op zoek ben naar een plek om te zitten.

Dan staat het nieuwe meisje op.

'Hallo, mijn naam is Lydia, het nieuwe meisje. Je kunt naast me zitten als je wilt.' Ze vertelt het me, met een zuidelijk accent en een prettige glimlach.

Ik kijk naar haar mond terwijl ze tegen me praat.

Dan pakt hij mijn hand en trekt me zachtjes naar de tafel.

'Tuurlijk, denk ik. Leuk je officieel te ontmoeten, Lydia. Ik ben Cristina.' Ik vertelde haar.

Dus glip ik in de grote kast in de hoek waar Lydia zat en ze zit naast me.

Michaels broer Tony staat aan mijn rechterkant en Lydia aan mijn linkerkant.

Frankie, John en Julia staan voor me.

We bestelden allemaal ons eten en drinken.

Lydia vertelt ons over haar.

Ze komt ergens uit het zuiden, wat duidelijk is aan haar accent.

Hij is hierheen verhuisd om uit zijn kleine stadje te komen, gevuld met veel drukke interesses in zijn persoonlijke leven.

Hij houdt er niet van dat mensen al zijn zaken kennen, zei hij.

Toen legde hij meteen zijn hand op mijn been en kneep erin, wat me natuurlijk de koude rillingen bezorgde.

Wat probeer je te zeggen?

Het lijkt mij dat hier ergens een verborgen boodschap is.

We hebben het over werk en leven in het algemeen.

Dan begint Frankie ons een hilarisch verhaal te vertellen over een meisje met wie hij onlangs een relatie had en die vreselijk fout ging.

Als Frankie haar verhaal vertelt, begint Lydia met haar hand tegen mijn been te wrijven.

Langzaam op en neer komend dichter bij mijn binnenste dijen en dan dichter bij mijn nu natte poesje.

Mijn God, zijn aanraking voelt zo goed.

Ik kijk rond en kijk of iemand beseft wat ze doen, maar ik zie dat ze dat niet doen.

Godzijdank.

Maar hoe kan ik me zo voelen?

Ik hou van Michael en ik dacht dat ik niet van vrouwen hield.

Maar ze heeft me nu zo heet gemaakt.

Ik blijf me haar voorstellen in mijn bed, me kussen ... me likken ...

"Wauw! Dit ziet er allemaal zo goed uit jongens. Jullie hebben allemaal een juweeltje van een plek gevonden!" Zegt Lydia, terwijl ze mijn gedachten onderbreekt voor de komst van het eten.

Opgelucht dat het eten hier is, begin ik mijn hamburger met patat op te eten.

Hopelijk laat Lydia me nu met rust.

Dat is echter niet het geval.

Hoewel hij zijn hand niet meer op mijn been heeft, likt hij heel langzaam het sap en zout van zijn vingers.

Ik realiseer me dat Frankie en Tony naar haar kijken.

Ik bedoel, het meisje zuigt en maakt hapjes.

Hij laat ons zien dat hij waanzinnige zuigvaardigheden heeft en die zijn nu duidelijk.

Ze heeft me zo afgeleid en opgewonden.

Ik kan mijn eten nauwelijks eten.

Eindelijk is iedereen klaar en probeert Frankie Lydia over te halen om met hem mee te gaan.

Maar Lydia wijst hem af met haar zuidelijke charme.

Dus hij en Tony vertrekken, met wat blijkbaar enige ergernis na die tentoonstelling die Lydia net deed.

Julia kijkt naar John, ze zijn al een paar maanden samen, en zegt:

'Ben je klaar om naar huis te gaan? Ik weet dat ik dat ben!' Zegt ze met een duidelijke belofte in haar ogen.

Dan gaan ze samen.

'Nou Lydia, ik ga naar huis. Het was leuk om met je rond te hangen. Je zou bij ons terug moeten komen. Ik denk dat je een succes was!' Ik vertelde haar.

Ik glip uit de kast en loop naar de deur.

"Ja, ik denk dat ik terug kom. Heb je hier gelopen? Als dat zo is, kan ik met je meegaan. Ik woon heel dichtbij, heel dicht bij het restaurant, maar ik hou er niet echt van om alleen te zijn in deze tijd van de nacht . " Lydia biecht het op terwijl ze me het restaurant uit volgt.

Het lijkt eng, maar er is meer aan de hand dan daar, maar ik weet niet zeker wat.

'Tuurlijk, ik woon een blok van het restaurant, dus dat is perfect.' Ik vertelde haar.

Dan pakt hij mijn hand en zegt dankjewel.

Terwijl we lopen, vertelt ze me meer over haar familie thuis.

Ik vertel hem ook over de mijne.

We hadden vergelijkbare levens toen we opgroeiden.

Het is zo leuk om over die dingen te praten met iemand die het leven in een kleine stad begrijpt.

Als we voor haar huis staan, laat ze mijn hand los en draait zich naar me toe, legt haar handen om mijn middel en zegt:

'Nou Cristina, bedankt dat je met me naar huis hebt gelopen. Het was leuk om met je te praten en je beter te leren kennen. Ik zou je echter graag nog beter willen leren kennen.'

Dan buigt hij zich voorover en kust me.

Zijn mond is zo zacht en zacht als ik me had voorgesteld.

Haar tong drong mijn mond binnen toen ik hem opendeed om haar binnen te nodigen.

Het smaakt naar kersen.

Ik verlies mezelf in de kus.

Haar handen raken mijn kont en trekken me naar haar toe.

Maar ik kom snel tot de realiteit en besef wat ik aan het doen ben.

Ik kan dit niet doen, niet bij Michael.

Dus ik loop weg en zeg:

"Het spijt me dat ik je heb opgegeven of zoiets, maar ik heb een vriend waar ik heel veel van hou en ik kan hem dit gewoon niet aandoen. Ik vind je mooi en heel aardig. Maar ... ik kan het gewoon 't. "

"Cristina, je bent een lieftallige meid en het verbaast me niet dat je iemand ziet. Het zou me verbazen als het niet echt zo was." Lydia antwoordt mij.

Ik weet niet wat ik moet denken.

'Als je weet dat ik bij iemand ben, waarom prik je me dan?'

Ik vraag je een stap terug te doen.

"Cristina, ik merkte je reactie op mij tijdens de menuproeverij. Ik zag je naar me kijken en hoe je bloosde. Dan mag ik je been in het restaurant wrijven."

Ze begint met haar vinger over mijn lippen te wrijven.

Ga dan verder:

'Ik weet dat je aan mij dacht. Ik dacht aan wat je wilt dat ik je aandeed. Je wilde dat ik je zo kuste.'

Dan plant ze een kus op mijn nek.

"Wil je dat ik je aanraak".

Dan plaatst hij een van zijn handen op mijn kont, bijna op mijn poesje.

"Je wilt dat ik je hier lik"

Toen legde hij zijn andere hand op mijn poesje en begon het te strelen.

Ik geniet van wat ze me aandoet.

Mijn nek kussen, spelen met mijn kont en nu met mijn poesje!

Het voelt zo goed, maar tegelijkertijd ondeugend en brutaal.

'Ik weet dat je me Cristina wilt, en het is oké om het los te laten en het te laten gebeuren. Ga alsjeblieft met me mee. Ik zal je niets laten doen waar je je niet prettig bij voelt. Ik beloof het.'

Ze pakt mijn hand en ik volg haar.

Het is alsof zijn woorden me betoveren.

Ze heeft me nu zo krols.

Ik ben stopverf in jouw handen.

HOOFDSTUK VI

We gaan haar appartement binnen en ze speelt wat muziek.

Het was 30 seconden naar Mars, mijn favoriete band!

Ik kon het niet geloven.

Het nummer was "The Kill".

Geluid vult de woonkamer.

Ik sluit mijn ogen en begin tot op de letter heen en weer te wiegen.

"Vind je dit liedje Cristina leuk?" Vraagt Lydia terwijl ze me een glas witte wijn geeft.

"Ja, eigenlijk is 30 Seconds to Mars mijn favoriete band!" Vertel ik het hem terwijl hij naast me op de bank zit.

We zitten en drinken onze wijn en luisteren naar het lied.

Lydia zet haar glas op tafel en neemt dan het mijne van mij om het ook op tafel te zetten.

Ze steekt enkele kaarsen aan die op tafel staan.

Dan richt hij zijn aandacht weer op mij.

Ze begint met de ruggen van haar handen over mijn schouders, langs mijn arm en terug naar mijn schouders te glijden.

Dan brengt hij zijn vingers naar mijn borst en traceert de halslijn van mijn paarse overhemd en kust hij waar zijn vingers waren.

Plots wist ik dat ik haar wilde en op dit moment niets anders.

Ik pak haar kin en breng haar gezicht dicht bij het mijne.

Ik kijk even in zijn diepblauwe ogen en dan neem ik met de mijne bezit van zijn mond.

Hartstochtelijk haar mooie mond neuken.

Mijn handen zijn verstrengeld in zijn haar terwijl ik hem zachtjes trek.

"Ahhhhh ..." Lydia kreunt in mijn mond.

Lydia begint mijn blouse uit te trekken en daarna mijn zwarte beha.

Ze stopt om elke tepel te likken.

Dan trek ik haar roze T-shirt en haar roze kanten beha uit.

God!

Ze heeft echt een geweldig lichaam en met volle en weelderige borsten.

Ze moeten minstens één D-cup zijn, misschien dubbele D.

Ik neem haar flexibele borsten in mijn mond en zuig aan een tepel.

Ik knijp in de andere zodat hij zich niet buitengesloten voelt.

Terwijl ik haar borsten werk, begint ze haar spijkerbroek los te knopen en daarna de mijne.

Ik laat haar borsten los en Lydia duwt me op de bank.

Het is adembenemend, het ziet er zo sexy uit!

Ik kan niet geloven dat dit gebeurt.

Ik kan niet geloven dat ik dit zo sterk voor haar voel.

Lydia legt haar vingers om mijn middel en trekt mijn broek naar beneden.

Ik probeer haar te helpen, ze te schoppen.

Eindelijk trekt ze ze van mijn voeten.

Ik lig daar helemaal naakt op haar bank, op mijn zwarte string na.

Ze tilt mijn voet op en begint op de tenen van mijn linkervoet te zuigen.

Dan kust hij me op zijn weg langs mijn been, tot aan mijn binnenkant van mijn dijbeen.

Dan begint het weer op mijn tenen op mijn rechtervoet en gaat het omhoog via mijn been naar mijn binnenkant van de dij.

Zachte en warme kussen verwarmen mijn huid.

Ik adem zwaarder dan voorheen.

Ik ruik de kokosnootgeurkaarsen die je eerder hebt aangestoken.

Ik hou van de geur van het strand en nu doet het me denken aan haar oceaanblauwe ogen.

Ik kijk naar haar en ze kijkt me aandachtig aan en laat een spoor van kussen achter op mijn bleke huid.

Als het mijn poesje bereikt, lik dan eerst aan beide kanten van mijn buitenste lippen.

Dan trekt hij mijn string opzij en wrijft met zijn tong over mijn gezwollen clitoris.

Ze doet het keer op keer.

Sneller en sneller gaan.

Dan doopt hij zijn tong in mijn binnenste lippen en begint te likken.

Ze neemt de sappen die al in mijn natte poesje zitten.

Dan begint hij weer aan mijn clit te zuigen.

"Fuck, Lydia! Oh mijn god! Het voelt zo verdomd goed schat," zeg ik haar tussen ademhalingen.

Ik reik naar beneden en steek mijn hand in haar haar en speel met mijn tieten met mijn vrije hand.

Maar ze pakt mijn handen en legt ze aan weerszijden van me en blijft zuigen zonder een slag te missen.

Ze is dominant en meedogenloos en dat windt me nog meer op.

Hij blijft zuigen en nu werken zijn vingers aan mijn doorweekte poesje.

Ik weet niet hoeveel ik nog kan nemen voordat ik naar een orgasme val.

"Ooooohhhh! Mijn God!" Ik schreeuw als mijn lichaam begint te trillen.

Lydia probeert mijn handen vast te pakken terwijl ik me onder haar behendige mond beweeg.

'Oké, laat het gaan. Stop met volhouden en vind je vrijlating.' Ze moedigt me aan.

Zijn woorden waren wat ik nodig had om te horen en ik liet het los.

Ze liet mijn handen los en hield mijn kont vast terwijl ze mijn poesje bleef eten.

Ik begon erg sterk te worden.

Mijn lichaam was stuiptrekkend.

Golven van extase begonnen over me heen te spoelen.

Hij zweefde steeds verder van de werkelijkheid af.

Tot ik klaar was met het meest ongelooflijke orgasme dat ik ooit in mijn leven heb gehad.

HOOFDSTUK VII

Toen ik eenmaal op adem was gekomen, kuste Lydia me op mijn lichaam en nam ze de tijd op mijn tieten.

Toen ging hij naar boven en kuste me op de mond.

Ik kon er mijn sappen in proeven.

Het smaakte zo zoet vermengd met haar kersenlipgloss dat ik het gevoel had dat het er in haar zat. nu.

De geur van de mengkaarsen maakte me weer opgewonden.

Ik pakte haar vast en draaide me om, zodat ze onder me lag.

Ik kuste haar hard, beet en trok aan haar onderlip.

Dit maakte haar kreunen.

Hij legde zijn hand op mijn gezicht en wreef met zijn duim over mijn wang.

Het was zo lief en ik moest erom lachen.

We kijken elkaar even in de ogen.

Toen begon ik haar oor te kussen.

Knabbelend en licht zuigend aan zijn oorlel.

Ze begint te neuriën.

Ik hield van het geluid dat hij maakte, want hij hield van wat ik aan het doen was.

Ik begon te bewegen en kuste haar in haar nek, over haar sleutelbeen en tot aan haar borst.

Ze speelt met mijn haar.

Ik lik tussen haar enorme borsten en neem haar geur op zoals hij mij deed.

Dan blijf ik naar zijn navel dalen.

Ze heeft een strakke buik met ongelooflijke buikspieren.

Ik lik haar navel en steek mijn tong in haar.

Dan begin ik verder naar het zuiden te trekken.

Ik kus haar op de heupen en dan op de kleine landingsbaan die naar haar natte poesje leidt.

Ik haal diep adem en ze ruikt erg lekker.

Haar neuriën wordt luider als ik mijn eerste lik van het poesje van deze vrouw neem.

Ze smaakte zo zoet als een perzik.

Ik keek op om te zien of hij ervan genoot, en zijn ogen waren gesloten, zijn mond was open en ik realiseerde me dat hij hijgde.

Het lijkt erop dat ze ervan geniet.

Ik blijf haar kutje likken en verkennen met mijn tong.

Ik vind haar klitje en ik tik er snel op met mijn tong en begin er dan aan te zuigen.

Lydia's handen gaan onmiddellijk naar mijn hoofd terwijl ze een teken geeft dat ik verder moet gaan.

Dus ik blijf aan haar clit zuigen.

Dan schuif ik een vinger in haar kutje.

Het is erg krap.

Ik kan het niet helpen, maar vraag me af of ze ooit eerder met een man is geweest.

Ik werk haar kutje totdat ik het een beetje losser maak en schuif dan nog een vinger.

Ik blijf haar clit zuigen en likken terwijl ik haar met mijn vingers neuk.

Dan steek ik mijn duim in haar strakke kontgaatje en begin erover te wrijven.

Dit gaat een tijdje door en ik begin haar te voelen trillen.

Ik weet dat ze dichtbij is, dus ik begin echt sneller mijn vingers in en uit haar strakke kutje te pompen.

Ik zuig haar clit harder en wrijf sneller over haar kont.

Hij klampt zich steviger aan mijn hoofd vast en begint zijn bekken te stoten als hij hard wordt.

Haar sappen beginnen uit haar te komen en ik neem alles wat ik kan vangen met mijn mond.

Ze begint af te komen van haar orgasme, dus ik streel zachtjes haar lichaam terwijl ze begint te kronkelen.

Ik stop.

Ik steek mijn hand op en kus hem.

"Dat was geweldig Lydia! Ik vond het geweldig om je zo te zien komen!" Ik zei.

'Weet je zeker dat je niet in vrouwen geïnteresseerd bent? Wat zeker is, is dat je weet hoe je die mond van je moet gebruiken!' Zij vroeg mij.

'Nee, ik was niet geïnteresseerd. Maar ik hoop dat het ook niet de laatste keer is dat ik het doe!' Ik vertel het hem met een onzedelijke glimlach op mijn gezicht, samen met zijn sappen.

'Ik hoop het ook niet. Ik wil dat je me dat nog veel vaker aandoet!' Zei Lydia met een tevreden glimlach.

EINDE

www.ingramcontent.com/pod-product-compliance
Lightning Source LLC
Chambersburg PA
CBHW051214160726
47994CB00002B/595